ULRIKE SCHÄFER

SCHMALER GRAT

Erzählungen

KRÖNER EDITION KLÖPFER

Ulrike Schäfer

Schmaler Grat. Erzählungen

1. Auflage
Stuttgart, KrönerEditionKlöpfer 2025
ISBN: 978-3-520-77305-0

Dieser Erzählband wurde von der *Martin Walser Literaturstiftung* und der *Stiftung Literatur – begründet durch Dieter Lattmann* sowie durch Arbeitsstipendien des Freistaats Bayern und der Stadt Würzburg gefördert.

Umschlaggestaltung: Denis Krnjaić

Unter Verwendung eines Fotos von Niklas Ohlrogge (niamoh.de), unsplash.com

Druckprodukt CO2 kompensiert
klima-druck.de
ID-Nr. 25208622
Mehr Informationen zur Berechnungsmethodik, zur Kompensation und dem gewählten Goldstandard-Klimaschutzprojekt finden Sie unter klima-druck.de/ID
ID 25208622
klima-druck.de/ID

Printed in Germany · Gesamtherstellung: Friedrich Pustet Regensburg

Meiner Mutter

INHALT

LAUFEN

Am Badehaus hörte der Weg nicht auf, sondern führte durch das Schilf zum Ufer. Ihr Atem ging schnell, sie war es nicht mehr gewohnt. Früher, mit Paul, war sie zu Hause übern Feldweg zum Bach gelaufen, fast jeden Tag außer freitags.

Sie sah noch einmal zurück, um sich die Abzweigung vor dem Badehaus zu merken. Jemand lief dort, ein junger Mann, und bog ebenfalls zum Ufer ab. Weiter drüben sah sie noch die zwei Frauen mit dem Hund, sie gingen weiter in Richtung Yachthafen. Der Hund sprang an der einen hoch, die etwas hielt und es dann fortwarf in weit ausholender Bewegung.

Neben ihr war jetzt das Wasser. Kleine, sanfte Wellen überspülten die Ufersteine. Das Seitenstechen kam, sie war zu schnell. Tief ausatmen und weiter, nicht stehenbleiben. Du kannst so langsam laufen, wie du willst, nur nicht stehenbleiben, Stehenbleiben ist Aufgeben, hatte Paul immer zu ihr gesagt.

Sie hielt sich rechts, zum Wasser hin, machte Platz im Vorhinein für den jungen Jogger, der sie bald einholen musste, und lief jetzt Schritttempo. Drüben am Hafen konnte sie die Masten der Yachten erkennen. In der Nähe des Ufers lag ein Fischerboot.

Es war Anne gewesen, die sie zur Reise gedrängt hatte. Sie hatten am Esstisch gesessen, und Anne hatte in den Prospekten geblättert und ununterbrochen geredet: Nardevitz oder Buschvitz, es wird Zeit, Lauterbach direkt am Hafen, du musst mal raus hier, das Meer im Spätsommer, das wolltest du doch immer. Du sitzt auf dem falschen Platz, Anne, hatte sie nur gedacht. Du sitzt auf dem falschen Platz. Sie war aufgestanden und im Raum auf- und abgelaufen, zur Couch hinüber, doch Anne war sitzen geblieben.

Der Weg war jetzt sandig und von Wurzeln durchzogen. Links ging es steil nach oben, dort begann schon der Wald. Wind kam auf, sie spürte ihn durch die Jacke, im Rauschen des Wassers hörte sie nur noch gedämpft ihre eigenen Schritte. Der junge Mann hatte kurze Hosen getragen und T-Shirt, schien einer von denen zu sein, die niemals froren.

Paul war immer erst nach ihr losgelaufen. An der Bank hatte er seine Übungen gemacht. Bis zum Bach hatte er sie dennoch eingeholt. Wenn er näher gekommen war, hatte sie manchmal beschleunigt, für kurze Zeit waren seine Schritte im Gleichtakt mit ihren gewesen, dann trennten sie sich wieder.

Annes Prospekte hatte sie auf seinen Nachttisch gelegt und lange vergessen. Einmal hatte sie sie durchgeblättert: die Bodden, die dunklen Alleen, das Meer. Dann hatte sie sich quer aufs Bett gelegt, die Füße auf seiner

Seite, den Kopf auf ihrer. Sein Bett bezog sie immer noch mit. Du solltest ein anderes Bett kaufen, hatte Anne gesagt, so geht es nicht weiter. Was weißt du übers Weitergehen, hatte sie nur gedacht.

Der Weg stieg an und verengte sich, der junge Mann würde jetzt Mühe haben, an ihr vorbeizuziehen. Es störte sie, ihn noch immer im Rücken zu haben oder jedenfalls zu vermuten. Im Laufen drehte sie sich um. Da war niemand, doch sie konnte jetzt nur wenige Meter weit blicken bis zur letzten Biegung, die Küste war nicht mehr zu sehen und auch nicht der Yachthafen, das Fischerboot verschwunden. Sie horchte, doch da war kaum mehr als dieses ewig an- und abschwellende Rauschen. Der Wind blies unaufhörlich vom Wasser her, es war nicht auszumachen, ob da Schritte waren außer ihren eigenen. Es ist einsam hier, dachte sie, es sollte nicht so einsam sein. Eine plötzliche Wut stieg in ihr hoch, ich sollte nicht hier sein und ich sollte nicht laufen, sie hatte das Laufen nie gemocht, der Gedanke war hart und kalt und ließ sich nicht abschütteln, die Kälte und Härte schnitten in sie ein, als müsse sie sich selbst bestrafen damit. Ihre Augen tränten vom Wind, von der Anstrengung, von den Abmessungen der Liebe vielleicht, Tag für Tag nebeneinander her. Die Abmessungen der Liebe im Laufen noch jetzt auf dieser Insel mit ihren Bodden und dunklen Alleen, einen Unbekannten im Rücken oder nicht, der sie längst hätte einholen müssen. Zum Wald abgebogen sein konnte er, umgekehrt sein konnte er oder ein Spiel treiben, und wenn nur in ihrem Kopf, ein Spiel, in dem Schilf vorkam und Gelegenheit und die tagsüber kopfunter einbrechende Einsamkeit der Nachsaison-Tage an diesem verdammten, flutlosen Meer.

Sie lief.

Sie war spät nach Hause gekommen damals, es war ein Donnerstag gewesen um kurz nach halb neun. Im Sommer waren sie um halb neun losgelaufen, fast jeden Tag außer freitags. Paul würde bereits im Flur stehen, hatte sie damals gewusst, auch in diesem Wissen hatte Wut gelegen, sie konnte sich sehr gut und würde sich immer gut an diese Wut erinnern, sie war in die Erinnerung an jenen Abend auf ewig hineinverkeilt. Stumm würde er sie ansehen, umgezogen und bereit zum Aufbruch, stumm würde er warten, bis sie fertig war, würde ihr die Trainingsjacke reichen, und sie würden loslaufen. Diese Gewohnheit des Laufs, die irgendwie gekommen war, von ihm zu ihr übergegangen in den Abmessungen der Liebe Tag für Tag oder warum immer, hatte sie damals wütend gemacht.

Tatsächlich war es still im Haus gewesen, doch Paul hatte nicht im Flur gestanden. Sie war nach oben gegangen ins Schlafzimmer, hatte an der Badtür gelauscht, war wieder hinunter in die Küche gegangen und von der Küche ins Wohnzimmer. Er hatte am Tisch gesessen in Straßenkleidung, die Arme auf dem Tisch verschränkt und den Kopf auf den Armen. Sie hatte ihn nie so sitzen sehen. Sie sprach ihn an und er antwortete nicht, sie wollte seine Wange berühren und schrak auf einmal zurück, hielt mitten in der Bewegung inne, wusste in dem Moment, da sie die Hand ausstreckte, wie kalt, von welcher Kälte seine Haut sein würde.

Sie zog den Reißverschluss ihrer Jacke hoch. Der Weg stieg steil an, der Strand lag jetzt unter ihr. Die Farben waren verschwunden, das Wasser mit Grau überzogen, die Wellen schlugen gegen das Ufer, wie wenn endlos etwas zerriss. Sie keuchte. Kehr um, hätte Paul gesagt. Vor ihr der Weg verengte sich weiter und verschwand zwischen Buschwerk. Kehr um, hätte er gesagt. Sie kehrte aber nicht um, es war sie, die jetzt lief, sie und sonst niemand, oder doch, hinter ihr mit quälend langsam sich verringerndem Abstand. Sie lief auf den schmalen Pfad zu. Das Rauschen war jetzt innen und außen und so laut, dass sie die Schritte nicht würde hören können, und wäre er dicht hinter ihr. Sie erreichte den Pfad, der Wald rückte näher, das Dunkel verschluckte sie, Zweige streiften ihr über die Schläfe, dann auf einmal Weite und tief unter ihr das offene Meer. Sie lief jetzt auf ein Plateau zu, eine breite Fläche Sand und Geröll mit Gras durchsetzt, auf der einen Seite der Wald, auf der anderen das Steilufer. Sie lief auf die Kante zu.

Für dieses Tag-für-Tag war es gewesen, für seine Art, sich nach ihr umzudrehen, und die Lautlosigkeit, mit der er in der Tür gestanden hatte, fix und fertig angezogen und bereit zum Lauf, eine Eigenart, die sie hatte auf die Palme bringen können, für die flüchtige Berührung im Bad und überhaupt die Flüchtigkeit der Wiederholung Tag für Tag, und dann Ende. Ungebremst lief sie zu auf die Kante, auf das Grau des Himmels lief sie zu. Unter ihr das Meer, die Wellen drängten gegen die Steilküste, ein unaufhörliches Strömen, die Nächte, die Stunden, das Auf- und Abgehen, vorbei am Schrank, in dem seine Kleider immer noch lagen, die Trainingsjacke, die Hose, die Laufschuhe. Nicht stehenbleiben, Stehenbleiben ist Aufgeben.

Und sie, Fremdes und die Dunkelheit des Pfads im Rücken, das offene Meer unter ihr und vor ihr das gewölbte Grau, endlich, ein für alle Mal, blieb stehen, blieb. Spät, abrupt und hart an der Kante.

BETTY

Der einzig sichtbare Beleg, dass es sie je gegeben hat in meinem Leben, ist das Konfirmationsfoto. Sie trägt hohe Schuhe, einen ziemlich kurzen Rock und einen engen Blazer über einem weißen Hemd mit Männerkragen. Sie sieht aus wie auf Geschäftsreise, während alle anderen auf weit weniger überzeugende Weise kostümiert sind. Auch wenn ihre Gesichtszüge so jung sind wie die der anderen, wirkt sie dadurch älter.

Vielleicht liegt es auch an dem Lächeln, das mir heute leicht spöttisch vorkommt, aber das kann Einbildung sein, nachträglich hineingelesen in dieses blanke Antlitz. Wie überhaupt Einbildung im Spiel ist, wenn ich dieses Bild betrachte: Fast kommt es mir so vor, als hätte ich Brandgeruch in der Nase.

Ich selbst bin unkenntlich. Mein Kopf ist verwischt, ich muss eine schnelle Bewegung gemacht haben. Aber ich weiß, was in meinem Gesicht zu lesen war, weil ich weiß, was ich empfunden habe in dem Moment. Und das ist es, was mich heute am meisten umtreibt.

Sie war das Mädchen, das im Konfirmandenunterricht neben mir zu sitzen kam, so lernten wir uns kennen. Sie kam spät am ersten Tag, betrat erst nach dem Pfarrer den Raum des Gemeindehauses, in dem der Unterricht stattfand, und da sie es ohne jede Eile tat, dachte ich zunächst, sie gehöre zu ihm, spiele irgendeine assistierende Rolle, vielleicht ein Mädchen aus dem vorigen Jahrgang. Doch sie steuerte unsere Sitzreihen an und fläzte sich neben mich. Ich selbst kauerte verschüchtert in meinem Stuhl und warf scheue Blicke auf die anderen, die einander offenbar teils kannten.

»Hi«, sagte sie zu mir. »Ich bin Betty.«

Ich nannte leise meinen Namen. Sie nickte wissend, eine Geste, die mich verunsicherte, und der Unterricht begann.

Abgesehen von einer Begebenheit in der Kirche, die erst später Bedeutung gewann, und natürlich dem Tag der Konfirmation selbst weiß ich kaum noch etwas von diesem Unterricht und den Gottesdiensten. Die Zumutung des Näselns mit einem Jungen bei einem dieser Kontaktspiele auf einer Wochenendfreizeit. Heute wundere ich mich, dass das ausgerechnet in der Konfirmandengruppe stattgefunden haben soll, denn ich verbinde andererseits die Anweisung an uns Mädchen, nicht breitbeinig in unseren Jeans dazusitzen, sondern die Beine zusammenzunehmen, mit dieser Gruppe. Und ich erinnere mich an ein Tanzverbot – war es dieselbe Freizeit? – wegen eines religiösen Feiertags, gegen das wir aufbegehrten.

An diesem Aufbegehren war Betty übrigens nicht beteiligt, jedenfalls habe ich keinerlei Erinnerung an sie in diesem Zusammenhang. Eigentlich habe ich sie überhaupt nicht als Teil der Gruppe in Erinnerung, sondern nur in Verbindung mit mir – was mich noch heute verblüfft. So selbstbewusst, wie sie war, gehörte sie nicht zu den Mädchen, die sich normalerweise mit mir abgaben.

Wir gingen das größte Stück des Wegs gemeinsam zum Konfirmandenunterricht und den Gottesdiensten. Wenn ich von zu Hause aufbrach, sah ich sie meist schon an der Ecke stehen. Diese gemeinsame Wegstrecke knüpfte unser Band. Ich muss schnell in diese Vertrautheit hineingeglitten sein wie in etwas Unerwartetes und zugleich Ersehntes. Unsere Gespräche wurden zum Ventil für meine Aufgeregtheiten und Empörungen in diesen Zeiten permanenter Aufgeregtheit und permanenter Empörung. Ihr konnte ich mit bebender Stimme davon erzählen.

Ich werde mich über das Näseln beschwert haben, diese herbeigezwungene Berührung mit einem Wildfremden. Was noch? Wer wann wie geschaut hatte. Verdruckstes über den Pfarrer. Er kam in meinen Träumen vor, die nicht eigentlich feucht waren, sondern hitzig. Auch Gespräche über Gott versuchte ich anzuzetteln, teils um über diesen Umweg wieder auf den Pfarrer zurückkommen, teils aus echtem Bedürfnis. Ich war damals durchaus gläubig, wenn auch nicht im Sinne der Kirche. Gott war eher Teil dessen, was vom magischen Denken der Kindheit hinüberwehte in meine nach allen Seiten offene, ungesicherte Existenz.

Zu diesen gefährlich offenen Flanken gehörte natürlich alles, was mit Brüsten, Scheide, Menstruation, Frauenarzt, den unsäglichen Peinlichkeiten des weiblichen Körpers zu tun hatte.

Ich habe Betty von der Begebenheit im Pausenhof erzählt, als ein Junge mir von hinten in den Schritt griff – sein routiniertes Tasten nach der Verdickung in der Hose, der Binde – und schrie: »Sie hat sie!«

Es muss die erste Offenbarung dieser Art gewesen sein, denn ich weiß noch genau, wie Betty reagiert hat und dass ich ihre Reaktion zuerst missdeutete: Sie lächelte spöttisch.

Ich sehe es vor mir – wir gingen durch den Park, den wir zur Abkürzung querten, und waren gerade auf der Höhe der Skateboardbahn. Ich sah die Skateboarder im Hintergrund und Bettys spöttisches Lächeln und wurde von Enttäuschung und Scham überflutet, verfluchte mich dafür, es ihr anvertraut zu haben. Solche Offenbarungen waren riskant, das wusste ich doch. Unter den Mädchen in meiner Klasse konnten sie leicht mit einem Mitleid quittiert werden, das die Schadenfreude nur schlecht verhüllte. Oder auch die Erleichterung, dass es einen nicht selbst getroffen hatte. Oder jemand wiegelte ab – *Das ist doch noch gar nichts!* – und trumpfte mit der eigenen Abgebrühtheit auf, sodass zur ursprünglichen Beschämung noch ein Gefühl von Wehleidigkeit kam. Die Konkurrenz im Aushalten war groß. Oder man hatte es selbst verschuldet: *Was musst du auch da langgehen!* Oder, am schlimmsten: Es wurde etwas Unabänderlichem, Persönlichem zugeschrieben, dem eigenen Körper, seinen weiblichen Kurven, die solche Herabsetzungen provozieren mussten. Eine Botschaft, die nicht offen ausgesprochen, sondern über

Kleidungstipps subtil, aber unmissverständlich vermittelt wurde.

In diesem Moment dachte ich, Betty wäre genauso.

Doch dann sagte sie: »Sieh mal an, der kleine Scheißer. Den würd ich mir gerne mal vorknöpfen.«

Da begriff ich, dass ihr Spott nicht mir galt, sondern ihm. Einem Jungen, den sie gar nicht kannte.

Ich war beeindruckt.

Den würd ich mir gerne mal vorknöpfen.

Wegen mir.

Ein warmes Gefühl durchströmte mich. Ich fühlte mich bestärkt, mehr noch: erhöht. Auserwählt von jemandem, der so stark war wie sie.

Vieles, was mit ihr zu tun hat, liegt im Dunkeln.

Ich weiß nicht, wo sie wohnte. Sie war das Mädchen, das schon auf mich wartete, wenn ich aufbrach.

Ich weiß nicht, auf welche Schule sie ging.

Ich kann mich an nichts erinnern, das sie mir über sich erzählt hätte, geschweige denn Offenbarungen wie die, die ich ihr anvertraut habe. Es gibt überhaupt nichts, was ich über sie weiß, das nicht mit mir zu tun hätte.

Habe ich es einmal gewusst und später vergessen?

Kann es sein, dass einem jemand so ganz und gar, so ausschließlich zugewandt ist? Ist das nicht etwas, das man sich nur erträumt, als pubertierendes, unsicheres, ängstliches Mädchen?

Unser gemeinsamer Weg führte am Kiosk vorbei, der gegenüber meiner Schule stand. Dort hatte ich oft Lakritz und essbares Papier gekauft, aber nach einem bestimmten Ereignis, das kurz vor der Konfirmandenzeit stattgefunden hatte, mied ich ihn.

Der Kiosk war kein Büdchen, sondern ein sechseckiges Backsteinhäuschen mit begehbarem Verkaufsraum. In einem Anbau auf der Rückseite lag die Wohnung des Kioskverkäufers, und an einem der Sonntage, als Betty und ich zur Kirche gingen, sah ich ihn aus der Haustür treten, mit einem Müllbeutel in der Hand. Nichts weiter geschah. Aber den Gottesdienst über bekam ich ihn nicht aus dem Kopf.

Auf dem Rückweg stoppte ich vor dem Schaufenster und deutete hinein zu den Auslagen mit den Sexheftchen, den aufgepumpt wirkenden Brüsten der Frauen auf den Titelseiten.

Ich erzählte Betty von der Begebenheit im Kiosk.

Es war mir immer unangenehm gewesen, mich dort drinnen an den älteren Jungs vorbeizuzwängen, die in den Heftchen blätterten und kicherten. Auch Freundinnen schützten einen nicht, jede musste einzeln durch den schmalen Gang. Wie es für die anderen war, weiß ich nicht. Wir sprachen nicht über diese Dinge, die vorhanden waren wie Luft, wie das Wetter.

Eines Tages hing wieder ein Pulk Jungs vor der Auslage herum. Als ich mich, von der Kasse kommend, seitlich vorbeizwängte, verstummten sie.

Ich sah sie nicht an, spürte aber ihre Blicke und bekam aus dem Augenwinkel mit, wie einer von ihnen, der eine Zeitschrift in den Händen hielt, den Kopf zum Cover senkte und dann wieder auf mich blickte. Es war klar, was er tat, es war demonstrativ, eine Geste für die anderen. Noch einmal senkte er den Kopf zur Zeitschrift und hob ihn abermals, glich meinen Körper ab mit der nackten Frau auf dem Cover. Wie auf ein Signal hin kicherten alle gleichzeitig los.

»Kommt hin«, sagte er leise.

»Voll!«, erwiderte ein anderer glucksend.

Noch heute steigt dieses Gefühl in mir auf wie ein schaler Geschmack, wenn ich Jungs oder Männer auf diese Weise lachen höre, im Zug, auf der Straße, wo immer: mit dieser leicht heiseren, in die Höhe driftenden Stimme.

Ich machte, dass ich zur Tür kam. Als ich sie öffnete – man musste zur Seite ausweichen, so eng war es –, warf ich einen Blick zum Verkaufstresen. Ich sah in das Gesicht des Kioskverkäufers.

Er zwinkerte den Jungs zu.

Davon erzählte ich Betty.

Im Zentrum meiner Wutrede stand er: der Kioskverkäufer. Mein Ausbruch bildete einen krassen Gegensatz zu meinem Verhalten damals im Kiosk: Abgang mit rotem Gesicht, ein Schweif der Demütigung hinter mir her.

Ich glaube, ich ahnte selbst nicht, was hinter der Beschämung lauerte, zumindest nicht, wie monströs es war, bis zu diesem Sonntagmittag, als ich mich selbst immer weiter anheizte.

Es fällt mir schwer, mich in mein damaliges Ich hineinzuversetzen und – als die, die ich jetzt bin, mit den Worten, die ich heute zur Verfügung habe – Auskunft zu geben über das, was in mir vorging.

Vielleicht, denke ich heute, war es eine angestaute, über Jahre aufgeschichtete Wut.

Vielleicht lag es auch daran, dass mir dieses Zwinkern plötzlich etwas klargemacht hatte, das weit über die Begebenheit hinauswies. Der Kioskverkäufer war der Erwachsene im Raum gewesen, aber es hatte etwas gegeben, das schwerer wog: die Verbindung zwischen ihm und den Jungs. Und die Verbindung zwischen mir und der Frau auf dem Cover. Mit einem Schlag hatte ich begriffen, dass das im Zweifelsfall passieren konnte. Jederzeit.

Aber vielleicht war auch das nicht alles. Vielleicht war die Zeit einfach reif für eine Wut, die kein Maß hielt, alle Grenzen überschritt. Keine zusammengeklemmten Beine mehr.

Wie auch immer: Ich erinnere mich an diese Kraft, die aus mir strömte. Wie ein Tier, das endlich ausbricht.

Manchmal kommt es mir so vor, als hätte ich nie Intimeres preisgegeben, auch nicht mir selbst gegenüber. Als hätte sich für einen Moment die Person gezeigt, die ich wirklich bin.

Betty sah mich an.

Erst jetzt spürte ich, dass mir Tränen über die Wangen liefen. Ich schämte mich, befürchtete, Betty würde sie missdeuten. Doch sie wandte den Blick von mir ab und sah zum Kiosk. Ihre Augen verengten sich.

»Sieh mal an«, sagte sie.

Es klang völlig anders diesmal. Ernst. Sie wirkte entrückt, die Augen konzentriert auf den Kiosk gerichtet.

Dann löste sie sich von dem Anblick, legte den Arm um mich und ging langsam, sehr langsam, los, setzte uns beide in Bewegung. Führte mich davon, weg von diesem Ort.

»Mach dir keine Gedanken«, sagte sie.

Etwas Kraftvolles, Entschlossenes lag in ihrer Stimme.

Ihr Arm auf meiner Schulter, der langsame Gleichtakt unserer Schritte, unserer Körper.

Es machte mich ruhig.

Dann kam der Tag der Konfirmation.

⋆

Seit ich erwachsen bin, hole ich das Foto hin und wieder hervor und betrachte es. Manchmal im Abstand von Jahren.

Anfangs steckte es in einem der Alben von früher. Irgendwann wanderte es lose in eine Schublade. Später lag es in einem Karton mit alten Jahrgangsheften meiner Schule, dann in einem Briefumschlag, abermals in einer Schublade, zuunterst.

Über weite Strecken denke ich nicht daran. Dann geschieht etwas, oder etwas bewegt sich in meinem Kopf, und ich hole es hervor. Ich weiß immer, wo es ist.

Betty und ich haben keinen Kontakt gehalten. Wir wurden konfirmiert, die Gruppe löste sich auf, wir gingen auseinander. Ich ließ unsere Verbindung zurück in dieser besonderen, einzigartigen Zeit meines Lebens, diesen eineinhalb Jahren, die mit dem Tag der Konfirmation ihren Höhepunkt fanden und endeten, weil der Zauber verwirkt war.

Aber ich begegnete ihr doch noch einmal wieder.

Das war drei Jahre später, vor einer Diskothek. Ich war mit Freunden da, die nicht eigentlich Freunde waren. Irgendwann ging ich raus, um frische Luft zu schnappen.

Draußen standen einige Grüppchen. Sofort befiel mich das übliche mulmige Gefühl, wenn ich allein in solchen Situationen war. Damals hatte ich mir vorgestellt, mich in eine andere Person zu verwandeln, wenn ich älter würde, doch das war nicht geschehen. Noch immer war ich unsicher und verdruckst.

Auf der anderen Straßenseite stand ein Mädchen ebenfalls allein und rauchte. Dort drüben war es dunkler, weil es wenig Straßenlaternen gab und hinter Büschen und einer Mauer der Friedhof lag. Erst auf den dritten Blick erkannte ich, dass das rauchende Mädchen Betty war. Sie sah direkt in meine Richtung und wirkte nicht überrascht.

Habe ich gezögert?

Ich glaube, in meiner Erinnerung hatte ich sie zu irgendeinem normalen Mädchen gemacht, einem Mädchen von früher.

Betty nickte mir zu, und ich ging zu ihr hinüber.

Wie geht's? Was machst du so? Bist du öfter hier?

Wir knüpften nicht an unsere frühere Vertrautheit an,

oder jedenfalls ich nicht, und ich war es ja gewesen, von der diese Vertrautheit gelebt hatte: von meinen Offenbarungen. Ich war verlegen, Bettys Souveränität verunsicherte mich genauso wie damals, am ersten Tag des Konfirmandenunterrichts. Wie damals war ich dankbar, dass sie mir über meine Unsicherheit hinweghalf, und zugleich ungläubig, dass sie, dieses lässige, rauchende Mädchen, so freundlich und zugewandt war. Das Verlockende daran hüllte mich wieder ein.

Sie sah nicht einmal in die Richtung, als der Geräuschpegel hinter meinem Rücken anschwoll. Stimmen von Jungs, überdreht. Gejohle. Sie mussten gerade aus der Disko gekommen sein. Unser Gespräch floss weiter. Auch ich war nicht beunruhigt, nur wachsam.

Als eine Stimme dicht hinter mir aufjohlte, schrak ich zusammen. Ich hatte ihn nicht kommen hören, und Betty, die mit dem Gesicht zu ihm stand, hatte keinerlei Regung gezeigt.

»Geben Sie mir Ihren Arm!«, rief er laut. Er winkelte den Arm an wie ein Kellner in einem alten Film und machte vor mir eine Verbeugung, die ihn stark zum Schwanken brachte. Im Hintergrund war dieses enervierende Kichern zu hören.

Ich wich einen Schritt zur Seite und nahm das Gespräch mit Betty wieder auf. Abtauchen. Ignorieren: eine Taktik, mit der ich immer gut durchgekommen war. Heute weiß ich, dass sie ihre Grenzen hat.

Er rückte nach.

»Geben Sie mir Ihren Arm und folgen Sie mir!«

Ich konnte seinen Atem an meinem Ohr spüren und den Alkohol riechen, der bei mir sofort Übelkeit auslöste. Lachen im Hintergrund.

»Getrost!«, rief jemand. Ich drehte mich weg und fixierte Betty, in einer Art Starre, und sah mit Entsetzen, dass sie den Jungen anlächelte.

»Und folgen Sie mir getrost!«, blökte er.

»Nein«, sagte ich steif.

Er griff nach meinem Arm. Ich zuckte zurück.

»Ich beiß nicht!«, rief er und hob die Hände.

»Komm, lass«, sagte einer aus der Gruppe.

Aus dem Augenwinkel sah ich, dass der Junge unschlüssig dastand, leicht wankend. Ich versuchte, das Gespräch mit Betty wieder aufzunehmen, doch sie war nicht bei der Sache. Sie sah ihn immer noch an mit diesem absurden Stewardessenlächeln, als wolle sie es geradezu herausfordern, dass er weitermachte. Wut stieg in mir hoch.

Er sagte noch einmal seinen Spruch auf, zu ihr gewandt jetzt und nicht mehr so laut. Er verhaspelte sich und fing an zu kichern. Sie schlug mitten in dieses Kichern hinein, schlug es ihm aus dem Gesicht.

In meiner Erinnerung findet die Szene in einem schalldichten, künstlichen Raum statt, einer Art Filmkulisse, zu der alles geworden war: die Straße, die fahle Beleuchtung, die Dunkelheit des Friedhofs im Hintergrund. Auch die jähe Freude, die ich empfand, ist in diesen Raum eingekapselt.

Der Junge taumelte zurück. Er fasste sich an die Nase,

starrte ungläubig auf das Blut an seiner Hand. Erst jetzt erschrak ich.

»Spinnst du!«, schrie einer der anderen Jungs. Es klang schrill und kraftlos zugleich. Die Geräusche kehrten zurück, doch das Gefühl von Unwirklichkeit blieb. Es lag an Bettys Gesicht, das immer noch das gleiche Lächeln zeigte, in einem grotesken Widerspruch zu dem, was sie getan hatte.

Der Junge hielt sich die Nase und lief taumelnd zu seinen Freunden. Sie sahen weiter in unsere Richtung, diskutierten heftig, doch in gedämpftem Ton und in gebührender Entfernung.

Irgendwann verdrückten sie sich.

Betty bot mir eine Zigarette an. Sie lächelte immer noch.

Mit einem Mal sah ich etwas in diesem Lächeln, das mich unruhig machte.

Mit einem Mal kam mir das Ganze vor wie ein Zeichen, das sie mir gesandt hatte: *Weißt du noch? Erkennst du mich wieder?*

Unsere Verbundenheit, damals.

Die Verlockung, den Faden wiederaufzunehmen.

Aber ich schrak zurück.

»Ich geh dann mal wieder rein«, sagte ich. Ich wollte so schnell wie möglich Abstand von ihr gewinnen.

Als ich vor der Tür angekommen war, der Lärm mich schon zu absorbieren begann und die Bässe in meinem Bauch wummerten, hörte ich sie rufen: »Immer wieder gern!«

In meinen Ohren klang es wie eine Bestätigung: Ja, so war es, und du hast es immer gewusst.

Den Spruch, den der betrunkene Junge vor der Disko aufgesagt hatte, kannte ich. Auch ihn kannte ich, er und noch ein zweiter von ihnen waren in der Theatergruppe meiner Schule.

Emilia Galotti. Der Prinz sagt es zu Emilia, nachdem er ihren Bräutigam ermorden ließ und sie entführt hat. *Geben Sie mir Ihren Arm und folgen Sie mir getrost.*

Das war es, was wir lernten: Titten im Kiosk und Galotti im Unterricht. Aber das ist ein heutiger Gedanke, und dieser Zusammenhang existiert nur in meinem Kopf. Den Kiosk gab es zu diesem Zeitpunkt nicht mehr.

Die Kirche, in der wir drei Jahre zuvor konfirmiert worden waren, stand in der Nähe meiner Schule. Sonntags konnte man auf dem Schulparkplatz parken, und noch bevor meine Eltern und ich am Morgen der Konfirmation ausgestiegen waren, hatten wir den Geruch in der Nase gehabt.

Es war nicht schwer, die Quelle auszumachen. Dort drüben blinkten immer noch Blaulichter, die Absperrbänder flatterten im Wind.

Der Kiosk war abgebrannt.

Das Schaufenster, durch das ich gedeutet hatte, um Betty die Auslagen mit den Sexheftchen zu zeigen: ein schwarzes Loch in der verrußten Mauer.

Die Tür, durch die ich hineingegangen und dann schamdurchflutet davongeeilt war: eine Höhlung ins Nichts.

Das Zwinkern: weg.

Meine Eltern werden irgendetwas gesagt haben. Wie furchtbar. Dergleichen. Mein Schweigen fiel nicht auf.

Auch im Anbau hatte es gebrannt. Später war in der Zeitung zu lesen, dass der Kioskverkäufer in der Nacht, in der es passierte, verreist war und dass ihm dieser Umstand vermutlich das Leben gerettet hatte. Das wusste ich an diesem Tag aber noch nicht.

Nichts deutete darauf hin, dass er überlebt hatte. Keine Spur von ihm, und sein Haus: abgebrannt.

Wir gingen hinüber zur Kirche, wo auf dem Vorplatz schon etliche Konfirmanden mit ihren Familien versammelt waren. Auch hier hing der Brandgeruch in der Luft, auch hier war der Vorfall Gesprächsthema, spiegelte sich in Gesten und ernsten Gesichtern. Betty stand etwas abseits, allein. Unsere Blicke trafen sich. Sie lächelte mich an. Ich lächelte zurück.

Während der Gottesdienste hatte sie meist mit gesenktem Kopf dagesessen, ihre langen Haare vor dem Gesicht, die Hände gefaltet wie in Andacht. Es sah aus, als ob sie döste und nichts von den Predigten mitbekam, weder von denen des Pfarrers, an denen ich mich erotisiert frömmelnd berauschte, noch von den zäh dahinfließenden des Dekans mit seiner nölenden Stimme. Ausgerechnet bei einer dieser Dekan-Quengeleien tauchte sie eines Sonntags aus ihrem Haar-Vorhang auf.

Er verlas einen der biblischen Gassenhauer, aber für uns – oder jedenfalls für mich – war damals alles neu, ich hörte es an diesem Sonntag zum ersten Mal.

Die Botschaft, die nicht für unseresgleichen bestimmt war, schmiegte sich verführerisch an unsere berstende Existenz. Betty und ich sahen zur gleichen Zeit auf.

Ausreißen, was gepflanzt ist, sagte der Dekan.

Ich sah Betty an. Sie wirkte nicht besonders erwartungsvoll, eher entspannt aufmerksam, als würde sie etwas wiedererkennen.

Töten hat seine Zeit, sagte er.

So oft ich auch das Konfirmationsfoto betrachte, es gelingt mir nicht, ihren Blick zu deuten. Ich weiß, was sie getan hat, aber was ging in ihr vor? Ich kann es nicht sagen.

Was ich selbst an diesem Morgen empfand, weiß ich hingegen genau. Ich bin auf dem Foto neben ihr verwischt wie ein Geist, doch ich weiß, was mir ins Gesicht geschrieben stand: Euphorie. Eine fiebrige Genugtuung.

Etwas fügte sich ineinander, und ich fühlte mich ganz. Als wäre ich der Kopf, sie die Hand. Ich die Wut. Sie die Tat.

RISSE

Der Morgen beginnt mit dem Sonnenaufgang, genauer: dem Auftauchen der Sonne in der Lücke zwischen Hinterhaus 1 und 2 um 6.23 Uhr Südost bei etwa 120 Grad. Er trägt es immer zuerst ein und zieht dann mit dem Bleistift die Sonnenaufgangslinie weiter, ein Kästchen breit auf dem Karopapier. Bei Bewölkung macht man ein Kreuzchen und wenn man verschlafen hat, einen senkrechten Strich. Manchmal bekommt er vor der Schule noch mit, wie das rechte Fenster in Hinterhaus 1 geöffnet und die Blumen gegossen werden, das kommt dann auch ins Protokoll. War aber schon gestern.

Alles ist ordentlich aufgezeichnet seit dem Jahr Sieben im Juli. Anfangs nur, was im Treppenhaus zu hören war, und die Sonne. Die Sonne ist am besten, weil sie sich nur sehr langsam ändert. Frau Tauch (Wohnung gegenüber) ist fast so gut wie die Sonne. Beim Getränkemarkt kann man denen über ihnen, Frau Tauch und den Brückners, begegnen, denen im Erdgeschoss noch nie. Schön ist, was regelmäßig geschieht. Man muss auf die winzigen Verschiebungen aufpassen.

Was er nicht protokolliert, aber liebt: das Geräusch der leeren Flaschen im Flaschenbeutel, wenn er zum Getränkemarkt geht.

Eigentlich ist er Forscher, und es ist die Forschungsstation Valey 5. Die Station gibt es wirklich, sie liegt *im Gefrierfach der Erde*, hat er auf geolino.de gelesen. *Elli Heikkinen von Valey 5 beantwortet hier regelmäßig eure Fragen über ihre große Antarktis-Expedition.* Er hätte auch gern eine Frage gestellt, rührt das iPad der Mutter aber nicht mehr an. Seit sie ihn dieses eine Mal erwischt hat, ist er nicht nur böse, sondern *von Grund auf böse*, und der linke Ellbogen tut immer noch manchmal weh. Tatsächlich häufen sich seine Verfehlungen in letzter Zeit, als wäre das iPad mit Schlechtigkeit infiziert gewesen.

Morgens ist alles schnell, aber regelmäßig, vor allem seit Jürgen bei ihnen wohnt. Die Mutter ist oft schon weg, wenn man in die Küche kommt. Jürgen nimmt ihn manchmal bis zur Kreuzung mit, freitags aber nicht. Jürgen ist auch regelmäßig. Von ihm hat er den Kompass geschenkt bekommen.

Die Station Valey 5 wird von Forschern bewohnt, die messen und alles aufzeichnen. *Auf dem Weg zur Arbeit kann einem schon mal ein vorwitziger Pinguin begegnen*, schrieb die finnische Geophysikerin Elli Heikkinen. Ihm begegnet Frau Tauch. Der Mann mit den wehenden wenigen Haaren und der Aktentasche hat bis fast an die Schule den gleichen Weg und ist heute nicht zu sehen, was gut ist: Wenn er vor einem ist, kommt man zu spät.

Freitags ist kein Sport und kein Sachkunde, was auch gut ist. Die Schule ist von vornherein ein Protokoll, aber manchmal gibt es Probleme. Dann liegt alles, was sich in einer Büchertasche befand (nicht seiner), auf dem Boden, oder ein Junge liegt selbst auf dem Boden. Es trifft nie ihn, aber nur, weil er wachsam ist. Das Gefährlichste an der Schule sind die Pausen, der Anfang, das Ende, Sachkunde und Sport, vor allem im Sommer. Zu Hause sind es die Sonntage und der Feierabend.

An diesem Freitag ist die Schule aber fast so regelmäßig wie Frau Tauch, der er mittags auf der nassen Treppe begegnet und die immer mehr Ähnlichkeit mit dem kleinen Pinguin bekommt, der auf geolino.de neben Elli Heikkinen abgebildet war: Haare oben grau, drunter schwarz, Oberkörper leicht vorgebeugt. Frau Tauch kommt auch in seine Aufzeichnungen: freitags Treppewischen, verlässlich wie die Sonne. Vor ihm liegen fünf Stunden allein, er liebt diese Nachmittage. Wochendienst (Badezimmer) und gegen Abend zum Getränkemarkt, die meiste Zeit wird er aber auf der Forschungsstation sein und die Stellung halten.

Das Geräusch der Mülltonnendeckel, wenn sie auf- und zugeschoben werden. Die Leute, die noch reinstopfen, und die, die schon danebenstellen. Neulich die fette Katze mit dem Ball, dann bewegte er sich, und es war der Hamster von den Brückner-Enkeln. Das sind die zufälligen Ereignisse, außerdem: Eieruhr aus der Küche holen und aufzeichnen, was sich von Stunde zu Stunde ändert. Den geraden Blick aus dem Fenster vergleichen wie zwei Suchbilder. *Kleinste Bewegungen der Erdplatten*, schrieb die Geophysikerin Elli Heikkinen: Es kann ein *Fingerzeig* sein. Das Wort hat er sich gemerkt. Eine Weile hat er es mit den Vögeln versucht, aber aussichtslos. Vögel sind zu schnell für Protokolle.

Das Wochenende steht bevor, was Anlass zur Sorge geben könnte, jetzt aber noch nicht. Um halb sieben wird er die Aufzeichnungen in die Kiste tun (unter die Ersatzbettwäsche), überhaupt ist achtzugeben, dass alles an seinem Platz ist (Eieruhr nicht vergessen!). Die Mutter hat einen Beruf und einen Feierabend und kommt gegen sieben nach Hause. Jürgen kommt manchmal früher, was nicht schlimm ist, man muss nur aufpassen, dass man darüber das Aufräumen nicht vergisst (zweimal passiert in den letzten Wochen). Auf der Station Valey 5 (der echten) ist jetzt gerade Polarnacht.

Am Feierabend wird gefeiert!, ruft die Mutter manchmal. Danach wird es meist schön, kann aber explodieren. Es sind Abende, an denen man aufpassen muss und nicht genau weiß, worauf.

Die Mutter macht die besten Pfannkuchen der Welt. Er liebt den Flaum auf ihren Wangen beim Gute-Nacht-Sagen. Manchmal singt sie abends, aber das steht nicht im Protokoll. Im Protokoll stehen nur die Vorkommnisse, die langsam sind und nicht explodieren. Seit Jürgen bei ihnen wohnt, singt die Mutter seltener, was schade ist und zugleich ein Glück. Die Mutter singt wunderschön, aber das Singen ist auf rätselhafte Weise mit der Erinnerung an seine Fehltaten verknüpft, und er *treibt sie noch zum Äußersten*. Er weiß nicht, was dieses Äußerste ist, fragt auch nicht, denn am besten ist man ganz still.

Wenn man ganz still ist, geht es manchmal vorüber, und wenn nicht, wird es lauter und schlimmer und irgendwann dunkel, wenn Jürgens großer Körper sich zwischen ihn und die Mutter schiebt. Dann kann man die Hände vom Gesicht nehmen. Wie es war, bevor Jürgen bei ihnen wohnte, kann er nicht sagen, es liegt wie hinter Milchglas.

Das alles ist aber weit weg an jenem sich ausdehnenden Freitagnachmittag, dem 12. Mai. Ein Nachmittag mit dem Geräusch der Mülltonnen und lediglich zwei Unterschieden in den Suchbildern (einmal eine Fliege und einmal rechtes Fenster gegenüber gekippt statt vorher zu). Ein Nachmittag auf der Forschungsstation mit Eieruhr und kleinsten Bewegungen der Erdplatten, dann jedoch, um genau 17 Uhr, einem Vogel, der doch ins Protokoll kommt, nämlich tot. Auf dem Fensterbrett liegt er, und man könnte schwören, er lag die Stunde zuvor noch nicht da, und man war dazwischen kein einziges Mal aus dem Zimmer, es ist ein Rätsel und unverzeihlich für einen Forscher. Eine auf dem Rücken liegende Amsel mit ausgestreckten Krallen und stumpfen Augen. Absuchen des Fensterglases nach Spuren (keine) und Eintragen in die Protokolle (Besonderes). Das Wort *Vorbote* befindet sich noch nicht in seinem Wortschatz, aber er kann es fühlen, wenn auch erst hinterher, im Morgengrauen des Samstags, als er schwitzend und fern an die auf dem Rücken liegende Amsel zurückdenkt. Zunächst jedoch Entsorgen in der Mülltonne (Deckel auf und zu) und ein Spätnachmittag ohne weitere Vorkommnisse, der unmerklich in den Abend übergeht, so unmerklich, dass man, als sich der Schlüssel dreht und kurz darauf das Knarzen von der Garderobe her zu hören ist, die Aufzeichnungen nur noch unter die Schreibtischablage schieben kann. So endlos fühlte er sich an, der Nachmittag, und so schnell ist er schließlich vorüber. Die Mutter und Jürgen kommen fast gleichzeitig heim, und jetzt ist Feierabend, jetzt wird gefeiert.

Die Musik ist neu und schön, die Mutter wählt immer die schönste Musik aus, und sie tanzen, einmal sogar zu dritt, Jürgen, die Mutter und er. Es gibt Pfannkuchen und so viel Nutella wie nie. Jürgen erzählt von der Arbeit, ihm passieren die komischsten Sachen in der Firma, man kriegt kaum noch Luft vor Lachen, und die Mutter lacht auch, dann hört sie auf zu lachen, man weiß nicht warum, vielleicht hat sie irgendetwas gestört, was Jürgen gesagt hat. Es ist fast nichts, es kann wieder verschwinden, und erst nachdem sie aufgestanden ist mit der leeren Wasserflasche in der Hand und zur Kammer rübergegangen, die Tür zur Kammer auf- und zugemacht und sich wieder umgedreht hat, erst als sie mit der leeren Flasche in der einen und der Getränketasche in der anderen Hand vor dem Küchentisch steht, begreift man das eigentliche Versäumnis dieses Tages, das Unverzeihliche, das, was fehlt und was man über der toten Amsel vollkommen vergessen hat, weil man rücksichtslos, weil man absichtlich nachlässig ist, um ihr weh zu tun, weil man von Grund auf böse ist und ein Junge, der seine Mutter noch zum Äußersten treibt: Freitags Getränkemarkt und Getränkekaufen fürs Wochenende.

Und sie bricht ab, die Sonnenaufgangslinie: bricht einfach ab. Freitag, 12. Mai im Jahr Acht. Die Aufzeichnungen enden ohne jeden Fingerzeig, aber dass etwas war, lässt sich genau daran ablesen, an diesem ins Leere laufenden Mai-Protokoll.

Jahrzehnte später, als ihm das Wort *Vorbote* längst vertraut ist, wird er durch puren Zufall erfahren, dass die Forschungsstation Valey 5 (und mit ihr Elli Heikkinen) im März des Jahres acht hatte evakuiert werden müssen aufgrund eines riesigen Risses im Schelfeis, der sich in unvorhersehbarem Zickzack ausbreitete. Und es wird nicht das Ereignis selbst sein, dieser von der Antarktis in eine Haus-und-Getränkemarkt-Gegend ausgesandte Fingerzeig, sondern es wird die Formulierung sein, die ihn in der Tiefe trifft: *unvorhersehbarer Zickzack.*

Sie wird ihn dort treffen, wo ihn das Geräusch berstenden Glases trifft. Wo er das Bild seiner Mutter verwahrt, eingefroren: eine zerschlagene Wasserflasche in der Hand, die ihn für immer verfehlen wird. Dort, wo sich eine Lektion eingebrannt hat in einen Forscher: über das Ausmaß des Bösen, das in einem Menschen wohnen kann. Einem Menschen, der seine Mutter, die ihn doch lieben wollte, so weit treibt.

An diesem Abend verlässt der Junge an der Hand von Jürgen, in der anderen Hand den Getränkebeutel voll mit nicht Getränken, sondern Pulli, Unterhosen und Socken (hastig hineingestopft), die Aufzeichnungen zumindest des angefangenen Mais zwischen die Getränketaschenschlaufen geklemmt (immer in Gefahr abzurutschen), das Haus. Haus, Hinterhaus 1 und 2 zurücklassend, vorbei am Getränkemarkt und raus aus der den Sonnenaufgang umgebenden Welt. Einer Zukunft entgegen, die mit einer Frau auf einer Polizeistation beginnen wird, deren Stimme so leise ist, dass es tröstlich wäre, wäre noch irgendetwas tröstlich.

Man kann nur vermuten, dass die Sonne am Samstag, dem 13. Mai abermals um 6.23 Uhr neben dem Hinterhausdach 1 erschien, weil sie im Mai auch im Jahr zuvor lange verharrt hatte, bevor sich etwas änderte. Wissen kann man es nicht. Man kann es nie mehr wissen.

FRAU DORAY TRÄUMT VON SCHNEE

Es gibt einen Punkt in dieser Nacht, an dem sich die Träume von Hanna und Frau Doray überschneiden. Dann fließen sie wieder auseinander, und während Hanna mit dem Klingelton des Smartphones die Augen aufschlägt, hastet Frau Doray weiter über Dornenfelder, auf der Flucht vor der Meute, die hinter ihr her ist, einem zittrigen Schimmern am Horizont entgegen, von dem sie nicht weiß, was es ist.

Als Hanna später an diesem Tag an der Straßenbahnhaltestelle steht, sieht sie drüben auf dem Marktplatz eine Menschenmenge. Ein rotes Plakat, auf dem sie aus der Entfernung nur AHA FREIHEIT entziffern kann und auf einem anderen STOPPT PUTSCH. Im Kollegenkreis wurde über die angekündigte Demo die letzten Tage schon gesprochen. Einer erklärte, er wolle die am liebsten mal mit auf die Station nehmen (»schleifen«, sagte er). Sie selbst empfindet diese Wut merkwürdigerweise nicht. Die Menschen und die bunten Plakate kommen ihr surreal vor, wie sie überhaupt seit dem Aufwachen ein Gefühl von Unwirklichkeit hat. Die Welt scheint ihr absurde Botschaften zu senden. Jetzt zum Beispiel entdeckt Hanna eine Frau mit einem durchsichtigen Plastikeimer auf dem Kopf, der sie an ihren Traum erinnert. Ein solches Visier trug sie, genau wie die Frau, mit ausgeschnittenem Schlitz für die Augen. Im Traum stand sie im Flur der Isolierstation mit diesem Witz von einer Maske, vollkommen ungeschützt.

Als sie dann tatsächlich auf das Zimmer vor der Isolierstation zugeht, in dem sie die Übergabe machen, setzt ein Gefühl wieder ein, das sie inzwischen kennt: etwas Dumpfes oberhalb des Magens. Zu schwach, um es Drücken zu nennen, eher wie wenn etwas in ihrer Körpermitte ganz leicht Richtung Boden zieht. Eine zusätzliche Schwerkraft. Seit einigen Wochen spürt sie es, wenn sie hier ankommt. Erst hat sie versucht, dagegen anzugehen. Dann hat sie sich angewöhnt, ihre Aufmerksamkeit ganz darauf zu richten. Nichts denken. Nur das Ziehen wahrnehmen.

Bei der Übergabe sieht sie in müde Gesichter und erfährt, dass ein weiterer Patient inzwischen ohne Prognose ist.

Sie wird heute Frau Doray übernehmen, außerdem Tim S. und einen Neuzugang. Frau Doray hat immer noch hohes Fieber, aber ihre Lunge hat sich stabilisiert. Das Weaning soll heute noch eingeleitet werden, die Entwöhnung vom Beatmungsgerät. Tim S. (den alle Timmi nennen) ist mehr oder weniger unverändert. Sie zieht sich um und geht durch die Schleuse, legt die Schutzkleidung an – Folienkittel, OP-Schuhe, zwei Lagen Handschuhe. Kopfhaube, Maske. Schutzbrille. Alles prüfen. Eine Viertelstunde später ist sie drin.

Sie beginnt den Bettplatzcheck bei Timmi. Der Name steht in eigenartigem Gegensatz zu seiner Statur, er ist groß und kräftig, durchtrainiert. Vierunddreißig, keine Vorerkrankungen. Ein Kämpfer. Er kämpft. Atmet, atmet unter der Maske, erst High Flow, jetzt CPAP, ein Marathon. Er wirkt erschöpft, schafft aber doch ein Lächeln und zeigt ihr die Nachricht seiner Freundin auf dem Smartphone, »Grüße und Küsse an alle auf der Station.« Sie ahnt, dass diese Leichtigkeit die Freundin große Anstrengung kostet und nur schriftlich möglich ist. Sie hat schon einmal mit ihr gesprochen, als Timmi zu erschöpft war und sie den ganzen Tag bis abends ohne Nachricht blieb. Als Hanna ihr sagte, dass alles in Ordnung sei, fing die Freundin zu weinen an und war plötzlich weg.

Hanna stellt die Alarme ein und geht hinüber zu Frau Doray. Während sie sie begrüßt – »Guten Tag Frau Doray, ich bin Hanna« –, gräbt diese sich durch einen Fuchsbau, der unter einem Maschendrahtzaun auf die andere Seite führt und eigentlich zu schmal für sie ist. Sie muss gleichzeitig graben und sich durchzwängen, graben, graben, zwängen. Erdklumpen kleben an ihrer Stirn, kühl an ihrer heißen Stirn. Hanna nimmt die Hand von Frau Dorays Stirn, horcht die Lunge ab, den Magen. Erst der Augenschein, dann abhören, dann die Daten von den Anzeigen ablesen. Prüft alles, dann fährt sie langsam die Sedierung runter.

Einiges kommt in Bewegung, auch draußen auf dem Marktplatz. Dort schreit die Frau mit dem Eimer auf dem Kopf gerade einen Journalisten an, der eine andere Frau interviewt, während ein Kameramann alles filmt und Mühe hat, die Kamera ruhig zu halten in dem Gedränge. Frau Doray hastet unterdessen über einen Acker und gerät unversehens in eine andere Vegetation, betritt vereisten Boden (sie hat immer noch hohes Fieber und träumt erstaunlicherweise von Schnee). Jetzt bleibt sie stehen und dreht sich um, blickt ihren Verfolgern entgegen. Sie entdeckt einen leeren Eimer auf dem Boden, an dem sie schon einmal vorbeigekommen ist, vor Stunden, sie muss sich die ganze Zeit im Kreis gedreht haben. Genau das denkt sie im Traum, und tatsächlich hat sie von dem Eimer schon geträumt, vor Stunden. Es ist die Überschneidung mit Hannas Traum von letzter Nacht, eine dieser vom Zufall hingestreuten Überlappungen. Frau Dorays Eimer allerdings ist nicht durchsichtig, sondern rot. Sie stülpt ihn sich über die Hand wie eine zweite, blutige Faust und geht zum Angriff über.

Sie wird wacher und immer unruhiger und kämpft gegen den Tubus an. Hanna klingelt nach dem Arzt. »Jeder hat ein Wissen in sich drin«, sagt die Frau auf dem Marktplatz zum Journalisten (sie legt die Hände auf ihren Oberkörper, auf Höhe der Lungenflügel), das müsse man wieder spüren lernen. Dann verwackelt das Bild, der Kameramann wird von einem Mann mit Motorradhelm abgedrängt, das Video endet abrupt.

Frau Doray setzt zum großen Befreiungsschlag an. Um ihr Bett ist jetzt hektische Betriebsamkeit. Den Tubus rausziehen, gegen den sie sich so heftig wehrt? Es kann schiefgehen. Es kann ein, zwei Stunden gut gehen, auch einen Tag lang, und dann müssen sie womöglich doch wieder intubieren, wenn alles zugeschwollen ist, ein Risiko. Alles andere ist aber ebenfalls riskant. Sie entscheiden sich fürs Extubieren, und in dem Moment, als der Tubus draußen ist, geht der Alarm von Timmi los.

Er war in Ordnung, als Hanna bei ihm war. Sie kann Frau Doray jetzt nicht allein lassen, also geht der Arzt rüber zu Timmi, und sie bleibt hier. Frau Doray hustet, das ist ein gutes Zeichen. Hustet und atmet. Atmet. Es kann immer noch kippen, aber für diesen Moment ist es gut.

Später, als sie Frau Doray versorgt hat, geht sie zu Timmi. Er ist in Panik geraten, hatte Angst zu ersticken. Er hat ein Beruhigungsmittel bekommen, jetzt geht es. Er kann nicht sprechen, ist erschöpft, aber es geht. Sie verabschiedet sich, und als sie sich dann noch einmal zu ihm umdreht, macht er das Victoryzeichen. Die Geste versetzt ihr einen Stich.

Er atmet jetzt wieder tapfer und ruhig ein und aus, ein und aus, seine Angst-Attacke ist überstanden. Sie weiß nicht, ob sie seinen Gruß richtig gedeutet hat. Sie kann sich nicht vorstellen, dass so etwas wie Ironie irgendjemandem möglich ist, der das durchstehen muss, sie nimmt an, dass die Fähigkeit dazu weit vorher endet, aber genauso hat sein Victoryzeichen auf sie gewirkt: wie eine traurige ironische Geste.

Als sie nach Hause fährt, sind von der Demo nur leere Flaschen und Papierfetzen übrig. Sie wird nichts von den Nachrichten darüber lesen oder sehen. Sie ist eigentlich ein Nachrichten-Junkie, aber seit einigen Tagen merkt sie, dass es ihr zu viel wird, wie sie überhaupt merkt, dass etwas ins Kippen geraten ist.

Sie verpasst die Nachrichten des Tages. Alle bis auf eine. Als sie nach Hause kommt, hört sie einen Mann in einer fremden Sprache sprechen, dann die Stimme eines anderen Mannes, darübergelegt, offenbar der Übersetzer: »Ich denke, dass wir gescheitert sind.«

Das Gefühl von Unwirklichkeit überkommt sie wieder. Die Stimme erinnert sie an die eines Patienten, der zu ihr gesagt hat: »Sie sind mein Geleitschutz auf die andere Seite.« Es ist aber natürlich nicht seine Stimme, denn dieser Patient ist verstorben, verstorben wie so viele. Die Stimme kommt aus dem Fernseher, und die Ähnlichkeit ist mit den nächsten Worten verschwunden. Sie streift die Schuhe ab, geht in die Küche und lässt sich Leitungswasser in ein Glas. Wenn ihr Dienst zu Ende ist, kann sie ihren Durst kaum stillen, so schwitzt sie unter der Schutzkleidung, und weil sie nicht auf die Toilette gehen kann, trinkt sie nichts. Danach dann immer Durst ohne Ende.

Sie geht rüber ins Wohnzimmer und fragt Lukas, der auf dem Sofa sitzt mit dem Laptop auf dem Schoß, wer das war, der da gerade gesprochen hat. Er hat aber überhaupt nicht zugehört.

Nachts, als sie aufwacht und nicht wieder einschlafen kann, googelt sie das Zitat. »Ich denke, dass wir gescheitert sind.« Es war der schwedische König. Es kommt ihr alles irreal vor, aber anders als im Frühjahr. Frau Doray ist immer noch im Delir. Sie kann noch kaum sprechen, und wenn, dann ist es mehr ein Hauchen, aber am Abend hat Hanna das Wort »Schneeriese« verstanden. Und dann kommt sie nach Hause, und eine so vergangene Figur wie ein König zieht ein einfaches Resümee.

Die nächsten zwei Tage hat sie frei. Am ersten Tag hat sie abends ein Zoom-Treffen mit Freundinnen, von denen keine in einer Klinik arbeitet. Sie liebt diese Treffen eigentlich, endlich mal was anderes hören, aber an dem Abend wird sie unvermittelt aggressiv. Eine der Freundinnen hat Angst, dass sie ihren Job verliert, eine andere tröstet sie und sagt schließlich: »Irgendwie geht es immer weiter«, und Hanna erwidert laut und hart: »Nein. Tut es nicht.« Betretenes Schweigen, das Treffen ist schneller zu Ende als sonst, und Hanna ist erleichtert. Sie ist einfach nur erleichtert, dass es vorbei ist und sie ihre Ruhe hat, auch wenn ihr diese Ruhe dann doch kein Stück Erleichterung bringt.

Während ihres nächsten Dienstes müssen sie Timmi intubieren. Er kann nicht mehr, seine Atemmuskulatur ist erschöpft.

Ihre Aversion gegen Nachrichten wächst. Manchmal geht sie aus dem Zimmer, wenn sie zu Hause ist und der Fernseher läuft. Es ist, als ob sie durch einen Tunnel ginge. Sie verpasst Sondersendungen und Interviews, Artikel, in denen es um sterbende Restaurants geht und Wirtshauskultur. Ihr entgehen die Zufälle, diese wie im Delir orchestrierten Gleichzeitigkeiten. Sie meidet sogar Social Media, versucht sogar, die täglichen Infektionszahlen auszublenden, weil sie jetzt einen Tag an den anderen reihen muss und davon immer eine Stunde an die andere, sie muss sich auf die kurze Strecke konzentrieren, den einen Patienten und den nächsten. Und nächsten.

An einem Tag Ende Dezember ist, unbemerkt von Hanna, besonders viel vom Sterben die Rede in Pressemeldungen, Zeitungskommentaren und Interviews. Sterbende Gasthäuser abermals, auch sterbende Theater und Museen. Eine wundersame Kulmination gegen 14.30 Uhr, als in gleich zwei Interviews das Sterben der Innenstädte vorausgesagt wird, und fast genau in dem Augenblick, als der zweite Interviewpartner seinen Satz zu Ende gebracht hat, stirbt Timmi. Es ist, als stünde das Land Spalier mit seinen Sterbe-Metaphern, als wolle es Timmi hinausgeleiten, einen von 1029 an diesem Tag.

Frau Doray weiß fast nichts mehr von ihrem Traum. Nur eine vage Erinnerung an Schnee ist ihr geblieben. Sie weiß nur noch, dass es ein sehr kaltes Land war.

FÜR IMMER

Im Februar bekommt sie überraschend einen Anruf von ihrer Cousine. Sie seien in Italien, Rückreise am Freitag, es liege genau auf der Route, nur für eine Übernachtung oder zwei, es wäre doch nett. Sicher, sagt Brit, sie ist so überrumpelt, dass ihr keine Ausflüchte einfallen, vielleicht auch wegen ihrer Verfassung im Allgemeinen und dem traurigen Jahrestag, der näher rückt.

Der Besuch steht bevor, vollzieht sich und geht vorüber. Kaum etwas davon bleibt ihr im Gedächtnis, nur dass ihre Cousine, an die sie, wenn überhaupt, eher unschöne Kindheitserinnerungen hat und die sie seither nur zwei, drei Mal bei Beerdigungen wiedergesehen hat, erstaunlich freundlich ist als erwachsene beziehungsweise inzwischen ja schon ältere Frau (sie sind beide über 60 jetzt, die Zeit, die Zeit). Ihr Mann ist irgendwie formlos, eine sich um die Cousine herumschmiegende Nichtperson. Nur an den Abschied erinnert sie sich.

Ihre Cousine ging mit schnellen Schritten zum Wagen, als ihr Mann noch einmal kehrtmachte, die Reisetasche absetzte und seine Arme ausbreitete. Sie hatten zuvor nur Hände geschüttelt, jetzt schien er das korrigieren zu wollen. Halb war es ihr unangenehm, halb rührte es sie, wie dieser konturlose, ihrer Cousine in fast unterwürfiger Weise zugewandte Mann sozusagen im letzten Moment zu einer eigenständigen Person wurde. Die Umarmung währte einen haarfeinen Spalt zu lang, in dem Brit ein merkwürdiges Gefühl befiel, seine Arme überall zu sein schienen, eine Umschlingung. Dann war es vorbei. Schnell lief er seiner Frau hinterher, verstaute die Tasche im Kofferraum, und sie fuhren los.

Später zählt sie nach, später. Dreizehn Tage, Unglückszahl. Dreizehn Tage nach dem Besuch, ein Jahr und sieben Tage nach Jans Tod. Als wolle das Schicksal Hokuspokus an ihr ausprobieren.

Dreizehn Tage danach also, sie hat eben den Müll rausgebracht und die Tonnen an die Straße gestellt, steht der Mann im Wohnzimmer. Für einen grausamen Moment denkt sie, es ist Jan.

Dienstreise, Rückfahrt, Autopanne, Abschleppdienst, Reparatur bis morgen, alle Hotels ausgebucht (kein Wunder, es ist Messe). Es sei ihm wirklich unangenehm. Nur für eine Nacht.

Es ist spätabends, was kann sie tun, sie kann ihn nicht wegschicken (sie kann überhaupt nichts mehr seit Jans Tod, sie ist eine Festung mit runtergelassener Zugbrücke, keine Gegenwehr, nichts). Für eine Nacht ist kein Problem, sagt sie mit belegter Stimme und ist froh, wenigstens die eine Nacht untergebracht zu haben in ihrem Satz. Ihre Irritation liegt nicht nur an der verstörenden Verwechslung und der Situation an sich, sondern auch an der Erscheinung des Mannes, der ihr größer vorkommt, konturierter. Auch der Raum hat sich verändert, und jetzt bemerkt sie, woran es liegt: der Lichteinfall. Die Tür zum Gästezimmer steht offen, die Reisetasche des Mannes steht auf dem Bett.

Morgen um diese Zeit ist er fort, denkt sie.

Am nächsten Tag, als sie runterkommt, ist der Tisch gedeckt, Brötchen, Kaffee, der Mann der Cousine sitzt übers Notebook gebeugt am Tisch, klappt es zu und legt es weg, begrüßt sie überschwänglich. Kaffee? Und schenkt ein, ohne die Antwort abzuwarten, genau die richtige Menge, sodass genügend Milch in die Tasse passt, zwei Drittel Kaffee, ein Drittel Milch. Man verrät so manches an einem belanglosen Wochenende mit quälend sich dahinziehendem Smalltalk, das jemandem, der achtgibt, später nützlich sein kann. Sie verscheucht ihre negativen Gedanken und antwortet in angestrengt munterem Ton, danke, sehr gut habe sie geschlafen (nur für eine Nacht, hat sie vor sich hingemurmelt und an die Decke gestarrt voll verbissener Wut, weniger auf ihn als auf sich selbst), als sein Smartphone vibriert.

Ölwanne? Übermorgen erst! Du liebe Güte. Sein bedauernder Blick.

Mietauto, denkt sie. Oder Zug. Warum kommt er nicht selbst darauf? Sie muss es ihm sagen, freundlich bestimmt und ultimativ, doch ihr Mund ist verklebt, eine Erstarrung, die sich vertieft, je länger das Schweigen anhält, sie kennt das schon, oh ja, sie kennt es.

Übermorgen, denkt sie. Übermorgen wird zu morgen wird zu heute, und dann ist er fort. Aber sie ahnt es da schon.

Sie wird sich später fragen (später, als sie oben auf dem Treppenabsatz sitzt und die Stille in sich einsaugt), wann genau der Moment war, der letzte, den sie verpasst hat. Den sie hat verstreichen lassen, auch diesen, wie alle davor. Der Anruf von der Autowerkstatt. Das Telefonat mit seiner Frau am folgenden Tag (ihrer überraschend freundlichen Cousine, die es dann so eilig hatte fortzukommen). Sein bleiches Gesicht: Sie hat Schluss gemacht. Meine Sachen eingelagert, ich soll mich nicht mehr blicken lassen. Ich muss das erst mal verdauen.

Erst in diesem Moment fragt sich Brit, in welcher Beziehung dieser Mann eigentlich zu ihrer Cousine steht beziehungsweise stand. Ehemann (wie sie annahm) oder Freund, Urlaubsbekanntschaft – sie weiß es nicht.

Drei Tage ist er da, vier, fünf. Die Sprache ist ein Ort, der sich von ihr entfernt.

Ich bin dir so dankbar, sagt er.

Er macht sich nützlich, der Mann. Er hat natürlich überrissen (schon an dem Wochenende, vermutet sie jetzt, als er noch ihrer Cousine zugeschrieben war), dass das Haus in keinem guten Zustand ist. Die Renovierung, die Jan und sie geplant hatten, hat sie abgeblasen und überhaupt alles schleifen lassen seit seinem Tod. Heizung, defekter Heizstrahler im Bad, Balkongeländer … Auf den Dachboden traut sie sich nicht wegen der morschen Balken. Die Dinge, die sie allein bewerkstelligen kann, gehen zumindest an guten Tagen, sonst geht kaum etwas. Jeder Anruf eine Unüberwindlichkeit, jeder Schritt nach draußen ein Unterfangen, den eigenen Willen bekunden eine Wand, die vor ihr steht. Als sei sie zurückgeschrumpft. Sie verflucht die Entscheidung zur Altersteilzeit, vielleicht wäre es leichter, wenn sie noch ins Büro ginge jeden Tag. Der Sohn der Nachbarn hat ihre Haltlosigkeit gewittert mit dem Instinkt eines Tiers, sein Auto steht seither, wenn er auf Besuch zu Hause ist, jedes Mal vor ihrer Einfahrt. Jetzt frisst sich dieser Mann in ihr Leben, hilfreich und gut. Schon erstrahlt der Flur in vollem Licht, die in die Decke eingelassenen Leuchtmittel, an denen sie scheiterte, sind erneuert.

Morgens im Bett übt sie Sätze. Wir müssen einen Plan machen. Oder besser fragen: Wie sehen deine Pläne aus? Das ist unverfänglicher. Tags lauert sie auf Gelegenheiten für diese Sätze, die sie, wenn sie eintreten, verstreichen lässt.

Vom Auto ist keine Rede mehr.

Hilfe holen, denkt sie. Eine Freundin anrufen, derer es ja einige gibt. Auch einen Therapeuten gibt es, den sie vor Jahren konsultierte. Ist es die Scham, die sie hindert? Was sollen sie schon sagen, das sie nicht selbst weiß: Grenzen setzen. Neinsagen. Sich selbst beistehen, nannte es der Therapeut. So viel Arbeit am Ich, und dann die Erkenntnis, dass ihre ganze Verankerung in der Welt daran hing, dass Jan neben ihr war. Ihre Cousine muss es gespürt haben mit der kalten Klarheit von jemandem, der sie als Kind kannte, dieses verzärtelte Kind, das man herumschieben, an den Rand stellen konnte. Und jetzt? Die Katze tot, die Mäuse tanzen auf den Tischen. An so einer kann sie den Mann abstreifen wie an einem Baum.

Einen Kammerjäger brauche ich! Solche Gedanken hat sie in den Nächten, und schlimmere. Ein schwelender Brei aus unterdrückter Wut, der sich endlich Bahn bricht.

Vielleicht bin das ja ich, denkt sie: dieses Nachtwesen. Racheengel. Tags ist sie eine Überläuferin, die Macht fremder Bedürfnisse, die alte Leier. Weil er ja keine Bleibe hat, der Mann im Schock der Trennung, und offenbar auch keine Freunde. Einen Beruf hat er, den er problemlos ausüben kann an ihrem Esstisch mit Notebook und Smartphone, bestens equipped fürs Leben in Hotelzimmern und fürs Einnisten in anderer Leute Leben.

Sein Mantel hängt in ihrem Flur, dort, wo Jans Mantel hing – Jans Mantel, seine Sachen, die sie erst vor Kurzem weggeben konnte, und noch immer fühlt es sich zu früh an, falsch, ein Herausreißen innerer Organe. Wie soll sie denn überleben?

Wie günstig ihre Wohnung liege, sagt der Mann, spricht von Untermiete, für eine Weile. Sie schweigt benommen. Ich bin dir so dankbar, antwortet er auf ihr Schweigen. Zwei Pralinen in teuer aussehender Verpackung nisten im Schälchen, das Jan und sie im Urlaub in Maribor gekauft haben. Ihr wird speiübel, als sie sie entdeckt.

Du fröstelst, sagt der Mann eines Morgens, als sie hinunterkommt. Brit murmelt etwas von kaputter Heizung und bereut es sofort. Gleich nach dem Frühstück will er ihn sich ansehen, den Heizkörper im oberen Badezimmer. Steigt hinter ihr die Stufen hoch (weil sie alles, alles geschehen lassen muss, denkt sie voller Selbsthass, voller Hass überhaupt), betritt zum ersten Mal das obere Stockwerk, ihre letzte Bastion. Die Schlafzimmertür steht offen, das ungemachte Bett, die Wäsche auf dem Stuhl. Es ist nichts Sexuelles, das der Mann begehrt, jedenfalls glaubt sie das. Es sind andere Regionen, in die er einzudringen sucht.

Ein Balkon!, ruft er wie zur Bestätigung aus, und sie verspürt einen geradezu körperlichen Schmerz. Den hat sie nicht mehr betreten seit Jans Tod, und das nicht nur aus Furcht. Mit Sekt haben sie damals angestoßen darauf, dass nichts passiert war, aber es gibt nicht nur diese Erinnerung, es ist der Hort der Erinnerung überhaupt. Sie beide auf diesem winzigen Balkon, ein Ritual, in das die Tage mündeten. Fehlgeburt, Tod der Mutter, Heimkehr nach Reisen und ganz gewöhnliche Abende aneinandergereiht wie Perlen. Intime Gespräche und intimes Schweigen, alles birgt dieser Ort.

Er muss weg, der Mann. So klar und kalt der Gedanke.

Darf ich?, fragt er.

Und während sie ihm zusieht, wie er ihr Schlafzimmer betritt, zur Balkontür geht, begreift sie, worauf das alles hinauslaufen soll, dieser Mann und sie. Er und ihr Schweigen wie Nut und Feder, wie etwas, das sich endlich erfüllt. Dastehen und Nichtstun, Geschehenlassen.

Die Balkontür ist schwer zu öffnen. Die muss man auch mal richten!, sagt der Mann fast euphorisch in das enervierende Quietschen hinein. Es pocht, das Herz. Denn natürlich ist es eine Sache mit offenem Ausgang.

Was für ein Blick!, ruft er aus und tritt ans Geländer, und in diesem Moment dreht sie sich von ihm weg und betrachtet es, ihr Reich. Treppenhaus, Fensterblick in die andere Richtung zur Straße hin, am Horizont das Morgenrot. Die Klarheit breitet sich in ihr aus. Sie wartet auf etwas, ein Geräusch, von dem sie noch nicht sagen kann, wie es sich anhören wird.

Damals war es nur ein kurzes Knacken. Das Geländer gab plötzlich nach. Nur das Pflanzgitter der Clematis, das sich irgendwie darin verhakt hatte, verhinderte, dass es abstürzte und Jan mit ihm. Er sicherte es notdürftig mit Draht, die Renovierung verschoben sie aufs Frühjahr, aufs Frühjahr, das dann nie kam, nicht für Jan. Wenige Wochen später der Unfall, ein entgegenkommender LKW. So fragil, dieses eine Leben. Was alles passieren kann in einem einzigen Moment. Direkt auf die Steinstufen wäre ich gefallen, sagte er damals. Ich wäre tot gewesen.

Wunderbar!, ruft der Mann.

Und da hört sie es: das Bersten. Abrupte Zäsur, dann metallenes Krachen von unten aus dem Garten. Kein Schrei, kein Wimmern. Überhaupt kein menschlicher Laut. Diese ganze anorganische Akustik fällt in sich zusammen und weicht einer tiefen Stille.

Selten, diese klaren Tage, denkt sie. Meist um diese Jahreszeit behindert der Morgennebel die Sicht. Sie setzt sich auf den Treppenabsatz und erwartet den Sonnenaufgang.

Sie wird nachsehen müssen. Sie wird telefonieren müssen.

Jetzt jedoch noch nicht.

SCHELCH

Vieles, was Reemt gesagt hat, steht später in einem anderen Licht. Vor allem, was er Gina über das Dorf erzählt hat. Wie er in der Kirchenbank schlief, während seine Mutter die Blumengestecke anrichtete, er sagte tatsächlich »anrichten«. Oder wie schwarz gekleidete Gestalten durch die Straßen zogen, erst die Männer, dann die Frauen, wenn jemand beerdigt wurde.

Man kann sich Reemt nicht vorstellen in so einer Szenerie: Reemt in seinen lässigen Anzügen, mit seiner Nonchalance und der ironischen Papierblüte im Knopfloch, altrosa und zerdrückt. Es ist auch nicht zu sagen, was an diesen Dorfgeschichten überhaupt stimmt: was er weggelassen, hinzugefügt oder verändert hat. Seiner Version nach gab es zum Beispiel überhaupt keinen Weiher. Aber als Gina – da ist Reemt schon verschwunden – eines Tages losfährt, aus Trauer und Wut über dieses Verschwinden, und das Dorf erreicht, abends, da ist es das Erste, was sie sieht: der Weiher. Von wegen Fantast, denkt sie.

Es war nämlich Reemts Jugendfreund, der ihr von diesem Weiher erzählt hatte. *Der* Freund, der eines Tages anrief, nach ihm fragte und, als er ihn nicht antraf, stattdessen mit ihr sprach, einer Fremden, und die Dorfgeschichten um eine entscheidende ergänzte. *Der* Freund, den Reemt verleugnete, als Gina ihm von dem Anruf erzählte. Er sei überhaupt kein richtiger Freund, behauptete er, und außerdem ein Fantast – was immer das sein sollte, vielleicht ein elegantes Wort für Lügner. Er war Gina aber gar nicht wie ein Fantast erschienen. Eher wie ein Getriebener.

In der Geschichte kam ein Schelch vor. Sie hatte sich das Wort erst erklären lassen müssen: ein Kahn. Und auf diesem Kahn, mitten auf dem Weiher, allein, ein dreijähriges Kind.

Es war ein Streich gewesen, vielleicht auch eine Wette, das wusste der Freund nicht mehr so genau. Die Jungs aus dem Dorf, zu denen auch Reemt und er gehört hatten, dreizehn Jahre alt, hatten dieses schweigsame kleine Mädchen zum Reden bringen wollen oder wenigstens zum Weinen. Sie hatten es in den Schelch gesetzt und mit Seilen in die Mitte des Weihers gezogen.

»Sag bitte, bitte!«

Aber das Kind war stumm geblieben, und als es dunkel wurde und es sich immer noch nicht regte, sie nur ansah mit Ingrimm und verschlossenem Mund, hatten sich die Jungs getrollt. Keiner wollte derjenige sein, der vor diesem Kleinkind einknickt, also gingen sie gemeinsam, einander bewachend, mit verteilter und daher unbestimmter Schuld, aber das sprach Reemts Freund nicht aus, er sagte nur: »Sie war uns irgendwie unheimlich.«

Und jetzt steht Gina also vor dem Weiher, es ist Abend, und das Kind, das unheimlich war und zurückgelassen wurde, ist wirklicher als alles andere. Wirklicher als die Kirchenbänke und die Blumen und die durchs Dorf ziehende Trauergemeinde, wirklicher als alle Dorfgeschichten, die Reemt je erzählt hat, ja eigentlich sogar wirklicher als Reemt, der verschwunden ist und der sowieso nie richtig anwesend war, immer ein wenig unverbindlich und immer auf dem Sprung. Reemt, der nicht einmal so hieß, der sich selbst einen Namen gegeben hat, der entfernter vom Dorf nicht hätte sein können, der nichts ernst nahm und der aber mit einer Vehemenz diesen Weiher geleugnet hat, die Gina in der Tiefe beunruhigte und die sie jetzt eigenartig tröstlich findet, weil es endlich einmal etwas Greifbares ist an ihm.

Sie sieht den Schelch. Sie sieht das Kind in der Dämmerung, in der Mitte des Weihers, dieses beängstigende Kind: das Kind, das nicht weinte.

LANDESAMT FÜR DÄMONEN

Als Ben neun Jahre alt war, verunglückte ein Schulfreund von ihm beim Schwimmen und kam nicht zurück. Es war kein enger Freund gewesen, aber neben der Ungeheuerlichkeit des Todes an sich quälten Ben Dinge, die er gesagt und getan und die er nicht getan hatte. Mit einem Schlag war alles unumkehrbar geworden. Natürlich vertraute er sich seinen Eltern an, doch sein Hunger nach Entlastung und wohl auch Zuwendung war so groß, dass er, als sich die Gelegenheit ergab, seinem Großvater davon erzählte.

Dieser schwieg auf seine undurchsichtige Art. Dann, nach einer langen Pause, erklärte er: Das ist was fürs Landesamt für Dämonen.

Dämonen?, fragte Ben.

Na so was eben. Schuldgefühle. Was in dir rumgespenstert.

Und das Landesamt …?

Eine Behörde. Die sind für sowas zuständig.

Und die helfen einem?

Nö. Die erfassen das nur.

Erfassen?

Schreiben es auf. Legen eine Akte an mit deinem Namen, Ben Kramer, am Soundsovielten, notieren deinen Fall, und dann kommt das ins Archiv.

Und wozu?

Schweigen. Dann, als Ben schon nichts mehr erwartete: Damit es festgehalten ist.

Ben wusste nicht, was er sich erhofft hatte. Die Sache mit dem Amt war typisch für seinen Großvater. Es kam öfter vor, dass er solche Geschichten erzählte, und sie waren alle so: unverständlich, lückenhaft, und sie endeten im Nichts.

Komischerweise half es. Er wusste nicht warum, aber diese seltsame Behördengeschichte half ihm, diesen frühen Einbruch des Todes in sein Leben zu verwinden und seinen Frieden damit zu machen.

Er dachte oft daran, dann lange nicht. Dann, Jahrzehnte später, kam sie ihm wieder in den Sinn. Er war 32, seine Tochter Fanny fünf, sein Großvater 89. Ben besuchte ihn sporadisch. Sie telefonierten ab und zu, Fanny und ihr Urgroßvater führten ausführliche und sehr wirre Gespräche in großer Einvernehmlichkeit, am Schluss übernahm meist Ben, und Anfang März sagte sein Großvater zum Abschied: Vielleicht kommt ihr mal. Es klang nicht vorwurfsvoll, sondern vernuschelt und fast verschämt, und es versetzte Ben einen Stich. Womöglich, dachte er, rennt uns die Zeit davon. Versprochen, sagte er, und dann nochmal: Ich versprech's.

Das war im Frühjahr im ersten Jahr der Pandemie, die fern zu sein schien. Elf Tage später schloss Fannys Kindergarten, dann machte das Land die Türen zu. Ben hatte das ungute Gefühl, sein Versprechen nicht halten zu können. Sein Großvater war in den letzten Monaten ein paar

Mal gestürzt und schien insgesamt auf schwankendem Grund zu stehen. Dann wurde der Gedanke fortgespült, weil mehr oder weniger alles auf schwankendem Grund zu stehen schien.

*

Während Ben *Versprochen. Ich versprech's* ins Telefon sagte, fragte eine Frau namens Marlen: Kontakte? Welche Kontakte? Eine Frau Berich oder Behlich hatte sie angerufen und ihr mitgeteilt, ihr Test sei leider positiv. Krass, dachte Marlen, dass das ausgerechnet mir passiert. Das Fieber war längst weg, ein Anflug nur, sie war sicher gewesen, dass es falscher Alarm war.

Sie zählte auf: Freundin, Ex-Freund, Sitzung im Büro, Badminton … Erst am Ende fiel ihr der Freitagabend ein, sie war mit einer Bekannten auf dieser Ü40-Party gewesen. Die nette Frau Behlich sagte, sie solle jetzt nach Hause gehen, dann hatte Marlen Zeit. Stürzte in ein Zeitloch.

Sie verfolgte, was draußen geschah. Es geschah vieles sehr schnell. In ihr geschah auch viel. Eine Umdeutung ging vonstatten. Ein Terminkalender voller Taten. Was hatte sie sich nur gedacht?

Von zwei Bekannten erfuhr sie, dass sie sie angesteckt hatte, eine davon hatte wiederum ihren Mann und einen Kollegen infiziert. Sonst schien nichts passiert zu sein. Mit Ausnahme von Freitagnacht. Die Ü40-Party.

Die nette Frau Behlich durfte ihr nichts sagen, Datenschutz.

Marlen las von einem Mann, der auf der Hochzeit seiner Tochter 76 Gäste angesteckt hatte, eine Frau war gestorben.

Was war ihre Zahl?

Wie konnte sie nur?

*

Die Zahl, die Marlen nicht kennt, ist fünfzehn. Einer davon ist Gregor. Von Gregor zu Timmi und Lennart. Von Timmi zu Anne und Frieder und Hanna und Geli. Dann dünnt es aus. Tenne, Winfried, Kata. Name reiht sich an Name, kaum Verästelungen, dann wieder etwas mehr. Frank Lucie Malte Kai. Mareike. Waltraut Tarek Konrad.

An einem Samstagabend im Juli geht Konrad in einen Club. Drei der Gäste füllen die vorgeschriebene Adressliste mit Tick, Trick & Track und falscher Telefonnummer aus. Von Trick zu Laurie zu Fabio Mona Gernot. Gernot macht im August eine Städtereise, endlich mal wieder was anderes sehen. Er steht an einer Fußgängerampel, gegenüber irgendwas Historisches mit großem Vorplatz, ist das die Burg? Er tritt einen Schritt vor und fragt einen jungen Mann, der nicht wie ein Tourist aussieht. Es ist Ben.

*

Ist das die Burg?, fragt der Mann. Nein, die Residenz, antwortet Ben und tritt diskret einen Schritt zurück. Der Mann steht noch immer zu nah, doch Ben will nicht paranoid erscheinen, es ist ja schon vorbei.

Residenz von was?, fragt der Mann, dann: Die Burg, gibt es hier auch eine Burg? Ben erklärt ihm den Weg in knappen Worten, die Ampel wird grün, er überquert die Straße, während der Mann weitergeht Richtung Innenstadt.

Am Samstag wird er endlich sein Versprechen einlösen und mit Fanny ihren Urgroßvater besuchen. Seit Tagen sind sie extra-vorsichtig, damit sie den Nachmittag mit ihm unbeschwert verbringen können, ohne Masken und Abstand (ohne Tamtam, wie dieser es nennt), und jetzt das.

Aber es war im Freien, es war nur kurz, man darf sich nicht verrückt machen, statistisch … Er schiebt den Gedanken weg. Der dann doch in ihm herumgespenstert.

Was er befürchtet, tritt nicht ein, auch wenn das Leben in seinen Verästelungen eine große Gleichgültigkeit gegenüber Statistik hegt. Stattdessen geschieht abermals anderes.

⋆

Sie betreten den Park, an dessen Ende sich der Wohnblock anschließt, in dem sein Großvater lebt. Ben geht den Kiesweg entlang Richtung Hauseingang. Fanny bleibt ziemlich weit zurück, weil eine Hummel ihren Blick gefangen hat und sie sich nicht befreien kann. Ben lässt sie, die Fahrt hat sie dösig gemacht, sie braucht ihre Zeit. Sie sind früh dran, der Park ist gut überschaubar, er geht langsam auf den Eingang zu, als sich die Haustür öffnet.

Es ist aber nicht sein Großvater, der heraustritt, sondern eine Nachbarin, die Ben vom Sehen kennt. Sie nickt kurz und entfernt sich zur anderen Seite. Ben dreht sich nach Fanny um.

Sie steht noch immer nahe dem Parkeingang und blickt hinüber zu den Kastanienbäumen, die ein Stück weiter rechts stehen. Dort erhebt sich jemand von einer Bank, ein alter Mann mit Stock. Es ist ihr Urgroßvater.

Er hebt die Hand und winkt ihr. Ben geht auf die beiden zu, beschleunigt, von einer Unruhe getrieben.

Die Begebenheit an der Ampel blitzt auf, zur Unzeit. Ein alter Mann und ein kleines Mädchen, er selbst zu weit weg, es ist ein Moment, in dem die Verantwortung schlecht verteilt ist auf die Länge eines Parks. Was, wenn doch? Wenn er Fanny angesteckt hat und Fanny …? Er versucht zu rechnen, ob es möglich ist.

Aber es ist ohnehin zu spät. Er ist zu weit entfernt.

Und dann ist es Fanny, die das Bild in etwas anderes auflöst.

Ihr Urgroßvater geht auf sie zu, mit dem Stock weit ausholend. Fanny springt ihm entgegen. Und bremst auf halber Strecke ab.

Vielleicht hat sie gespürt, die letzten Tage schon oder an diesem Morgen, dass im Verhalten ihres Vaters etwas Vages liegt. Vielleicht auch kulminiert in diesem Moment die Eigenartigkeit dieses Jahres, ihres sechsten, mit seinen neuen Botschaften: Nachher beim Einkaufen halten wir Abstand zu den anderen. Warten wir, bis die Kinder der anderen Gruppe drinnen sind. Dergleichen. Wie auch immer, sie hat abgebremst, steht unschlüssig in gut fünf Metern Entfernung.

Der alte Mann bleibt auch stehen, irritiert, so scheint es. Vielleicht denkt er, seine Augen täuschen ihn und es ist das falsche Kind, oder er will sie nicht drängen.

In ihrem Gesicht ist zu erkennen, wie sie mit sich ringt. Sie hebt die Hand und winkt ihm verlegen. Der Urgroßvater winkt behutsam zurück.

Sie nimmt die andere Hand hinzu, winkt beidhändig. Der alte Mann lächelt.

Ihr Winken wird größer, sie winkt mit den Armen. Ihr Urgroßvater beginnt zu lachen, winkt seinerseits mit dem Stock. Die beiden sehen jetzt aus wie zwei fröhliche Kobolde, in ein Spiel versunken, das nur sie verstehen. Ben beobachtet sie aus gebührender Entfernung. Ihm fällt das Landesamt für Dämonen wieder ein.

Seine Tochter beugt sich tief hinunter und richtet sich auf, wirft die Arme nach oben, noch mal runter und hoch und noch mal und noch mal und noch mal, hüpft hoch, ihr ganzer Körper ein einziges Winken.

Sie sieht aus, als wolle sie die Dämonen vertreiben. Ihre, seine. Alle.

FAMILIEN

Es war in dem Frühjahr, in dem sie öfter bei Ina war. Auch an diesem Samstag wollte sie zu ihr fahren. Und natürlich blieb es mit Ina verbunden, auch später, auch aus anderen Gründen. Wenn Helen daran dachte, dann dachte sie an Ina.

Und an die Frau, die sie nie gekannt hatte.

Normalerweise war es Helen, die von Zeit zu Zeit anrief, und es war Ina, die sich nie bei ihr meldete. Und dann meldete sie sich doch, eines Tages Mitte Februar. Was Helen so mache. Sie hörte sich erkältet an.

Helen erzählte ihr von ihren Plänen einer sanften Renovierung der Buchhandlung, der Boden hinten musste erneuert werden, und wenn sie schon dabei war: Wände streichen, eine Sesselecke. Ina sagte »Hm hm« und »Ah, ok«, und als das Gespräch irgendwann austrocknete, erklärte sie, sie sei vielleicht schwanger, und Helen begriff, dass sie nicht erkältet war, sondern verheult.

Sie verabredeten sich für Samstag. Helen brachte Lamm, Kartoffeln und Rosmarin mit. Während sie in Inas Küche schnippelte, briet und dämpfte und ihr irgendwann der Verdacht kam, Lamm gehöre zu den verbotenen Dingen während einer Schwangerschaft, saß

Ina am Küchentisch und redete über eine Mars-Sonde, die wegen eines Umrechnungsfehlers verloren gegangen war, über weibliche Seeschnecken, denen ein Penis auf dem Kopf wuchs, und darüber, dass Ego-Shooter die Entscheidungsfähigkeit förderten. Sie hatte ein Faible für Forschung und Abstruses und ein phänomenales Gedächtnis.

Ina trank Tee zum Lamm, Helen Rotwein. Sie verkniff sich die Frage, was »vielleicht« hieß. Und ob dieses Vielleicht das war, worüber sie nicht sprachen, oder Ina schon in eine andere Phase übergegangen war.

»Komm ja nicht so schnell wieder!«, rief Ina ihr zum Abschied nach. Es war der Code von früher: als Ruppigkeit getarnte Zuneigung. Es war so lange her, dass es Helen einen Stich versetzte. Sie hatte das Gefühl, nicht zu fest auftreten zu dürfen, um es nicht zu zerbrechen.

Bei Helens nächstem Besuch zog Ina die DVD aus dem Regal, die sie Mutter zum Fünfundsechzigsten geschenkt und wenig später aus ihrem Nachlass gerettet hatte, digitalisierte Fotos und Filmchen, »der ganze alte Plunder. Hab die gar nicht mehr angesehen.«

Sie hangelten sich an den Aufnahmen vor, tauschten Fragmente von Familienanekdoten wie Witz-Anfänge: Kennst du den? Wie immer staunte Helen über Inas Erinnerungsvermögen. Nur in den frühen Jahren, die Ina nur aus Erzählungen kannte, fühlte Helen sich ihr überlegen: Ina war acht Jahre jünger als sie. Und natürlich kamen irgendwann die Bilder, und natürlich wussten sie es beide, und dann kamen sie doch überraschend, chronologisch falsch, das Gespräch brach ab, und ihr Verstummen erzeugte eine unangenehme, unpassende Intimität.

Helen mit Turban. Sie hatte diesen Spleen mit den Tüchern entwickelt. Und ein Foto, das einzige, mit bloßem Schädel.

Sie erschrak über die morbide Ästhetik der Aufnahme. Sie war siebzehn gewesen und hatte Wert darauf gelegt, sich sorgfältig zu schminken. Die Distanz zwischen ihr und diesem Mädchen verblüffte sie. Sie hatte damals nicht gewusst, wie schön sie war; oder vielleicht hatte sie es gewusst, in der zugleich hochfahrenden und verleugnenden Art der Halbwüchsigen.

So musste Ina sie gesehen haben: Helen, die hehre Leidende. Die Ikone des Schmerzes.

Sie wusste, dass sie eine Last gewesen war, und das nicht immer absichtslos.

»Kannst du dich an die Angst erinnern?«, fragte Ina unvermittelt.

Früher wäre Helen auf der Hut gewesen. Ina hatte immer schon die Eigenart besessen, ansatzlos die Ebenen zu wechseln, plötzlich in die Tiefe zu stürzen und dann, wenn man ihr dorthin gefolgt war, etwas Alltägliches zu sagen. Als ob sie einen Schalter an- und ausknipste, und man selbst hing dann dort unten verstört und allein fest, beschämt, als hätte man alles falsch verstanden.

»Ich kann mich erinnern, dass ich Angst hatte. Dass sie mich manchmal fast aufgefressen hat. Aber ich kann es nicht mehr fühlen.«

Ina sah sie an. Sie hatte einen Glanz in den Augen, der Helen beunruhigte.

»Noch Rotwein?«, fragte Ina, die Hand schon an der Flasche, und der Moment war vorüber.

An einem der nächsten Samstage wurde es spät in der Buchhandlung. Es war bereits Abend, Helen hatte noch die Abrechnung gemacht und die Sesselecke eingerichtet. Das große Licht hatte sie schon ausgeschaltet und stand vor der Tür zum Hof, ihre Handtasche und das Buch für Ina in der Hand. Dann fiel ihr ein, dass sie die Antipasti aus dem Kühlschrank holen musste, die sie für Ina und sich gekauft hatte, also ging sie noch einmal nach hinten. Vor der Treppe blieb sie einen Moment stehen, und dann konnte sie der Versuchung nicht widerstehen, sich in einen der neuen Sessel zu setzen und sich alles anzusehen.

Sie blickte auf die Kuckucksuhr, die jetzt wieder am Wandvorsprung zwischen den Kinder- und Jugendbuchregalen hing, und strich über den weichen Stoff des Sessels, nahm seinen neuen, fremden Geruch wahr. Auch die frische Farbe hing noch in der Luft. Der lichte Orangeton war merkwürdigerweise erst jetzt die richtige Wahl, seit die Uhr wieder an ihrem Platz hing. Der Kuckuck klemmte seit Jahren im Häuschen und kam nicht mehr raus.

So würde es sein, wenn jemand hier hinten saß und schmökerte.

Sie schlug das Buch auf. Es war schon alt gewesen, als Mutter es als Kind gelesen hatte. Auch Helen hatte es geliebt und später Ina, die lange keine Lust zum Lesen gehabt hatte, daraus vorgelesen. Das Original musste verschüttgegangen sein.

Sie wusste nicht, ob es eine gute Idee war, es Ina mitzubringen. Vielleicht ein zu unverblümter Verweis auf die Vielleicht-Schwangerschaft. Oder auf früher. Oder beides.

Ihre Augen brannten, sie schloss sie für einen Moment. Wehmut überkam sie, zugleich Glück. Es war die erste Renovierung seit Jahrzehnten. Selbst der Abschied von dem kreisrunden Stück Teppichersatz war ihr schwergefallen, dessen Rand immer deutlich sichtbar geblieben war. Und dennoch. Es ist alles richtig so, dachte sie. Alles richtig. Ein weiches Gefühl wie in einem Kokon aus Zeit.

Sie erwachte von einem Geräusch, das so leise war, als hätte sie es geträumt. Unwillkürlich sah sie zur Kuckucksuhr. Es war fast neun. Das Buch rutschte ihr vom Schoß und glitt auf den Boden. Sie hob es auf und sah aus dem Augenwinkel eine Bewegung vorne an der Ladentheke.

Der Mann bemerkte sie im gleichen Moment. Er wandte sich in ihre Richtung. Sie sah nur seine Konturen, er hatte kein Gesicht. Die Seitentür zum Hof stand offen.

Blitzschnell glitt er zur Tür und verschwand. Erst jetzt spürte sie ihren Herzschlag.

Dann nahm sie eine Bewegung an der Tür wahr.

Er kam zurück.

»Dein Auto?«

Er meinte den Wagen im Hof. Sie nickte.

Er schloss die Tür hinter sich. »Die Schlüssel.«

»Ich hab sie in der Tasche.« Sie hielt ihre Tasche hoch, angstvoll und zugleich beschämt über ihre Bereitwilligkeit.

»Komm her.«

Sie stand auf und ging langsam auf ihn zu.

»Schneller!«

In einiger Entfernung stoppte sie. Sie hatte immer noch das Buch für Ina in der Hand, ein Teil von ihr registrierte es fast amüsiert, als ob sie sich selbst zusähe. Sie nahm das Buch in die andere Hand und griff in ihre Handtasche.

Er brüllte: »Still!«

Sie schrak zusammen.

»Du hältst die Hände still!«

Sie war in der Bewegung erstarrt, die Hand halb in der Tasche. Er trat auf sie zu und riss sie ihr aus der Hand. Dann wich er zurück, stand da, als wisse er nicht weiter. Schließlich ließ er die Tasche auf den Boden fallen.

»Die Kasse.«

Er war ihr im Weg, sie kam so nicht hinter die Ladentheke. Er trat zur Seite und sah sich dabei hektisch um, schien erst jetzt das Schaufenster zu bemerken, die Bühne, auf der sie standen, im schwachen, untrüglichen Schein der Nachtbeleuchtung.

»Da nach hinten. Nach hinten!«

Sie musste ihm vorausgehen. Sie wusste nicht, ob sie zu schnell oder zu langsam ging, fragte sich, ob sie die

Hände heben sollte, wagte jedoch nicht, eine Bewegung zu machen, die er nicht erwartete.

Als sie hinten bei der Sitzecke angelangt waren, rief er: »Setz dich auf den Boden!«

Sie ging, so langsam sie konnte, zu Boden. Erst als sie eine Weile unten saß und nichts geschah, wagte sie zu ihm aufzusehen.

Er war jünger, als sie zuerst gedacht hatte, vielleicht Mitte zwanzig. Nicht groß, drahtig. Ein scharf konturiertes Gesicht.

Ihr Blick schien ihn zu verunsichern. Er fing an, auf und ab zu laufen, im engen Radius vor der Zwischenwand, die ihn vom Schaufenster abschirmte.

»Ich muss nachdenken.« Es klang fast entschuldigend.

Vielleicht hatte er das noch nie gemacht. Vielleicht erschrak er selbst über das, was er da tat.

Er ließ sich auf einen der Sessel fallen und stützte den Kopf in beide Hände, schnaufte hörbar durch. Dann wurde er ruhig. Saß still. Verharrte in der Haltung, die Hände vorm Gesicht.

Zeit verging. Sein gleichmäßiger Atem, sonst nichts.

Vielleicht war er eingenickt. Sie konnte es kaum glauben, wusste nicht, ob sie es hoffen sollte. Es würde ihr die Entscheidung auferlegen, ob sie versuchen sollte zu fliehen.

Sie verwarf den Gedanken sofort. Von hier hinten, auf dem Boden kauernd, war es aussichtslos. Überhaupt wirkte sein Schlaf – wenn er denn schlief – nicht weniger bedrohlich auf sie. Er konnte aufschrecken, und dann konnte ihm klar werden, wie leichtsinnig er gewesen war. Herumzuschreien in der Stille der Nacht. Er konnte nicht wissen – jedenfalls glaubte sie das nicht –, dass über der Buchhandlung und im Hinterhaus gegenüber niemand wohnte.

Der Gedanke an das menschenleere Hinterhaus erfüllte sie mit grenzenloser Hoffnungslosigkeit. Sie war mitten in der Stadt und vollkommen allein mit ihm.

Dann sah sie, dass er zuckte. Er schlief nicht.

Er weinte.

Er zog den Rotz hoch, richtete sich auf und strich sich mit dem Handrücken über die Augen. Stierte vor sich hin.

Ohne sie anzusehen, sagte er: »Was mach ich jetzt mit dir.«

Ihr Hals pochte.

Fesseln, durchfuhr es sie. Er kann mich doch einfach fesseln und endlich verschwinden. Dann kamen ihr Bilder von einem Knebel im Mund, von Würgen. Es waren schon Leute erstickt.

Er blickte auf sie, sah ihr aber nicht in die Augen.

Wie auf einen Gegenstand, dachte sie. Ein Ding.

Bitte nicht.

»Isn' das?«

Sie brauchte einen Moment, um seine Frage zu erfassen. Dann begriff sie, dass er auf das Buch sah, das sie immer noch in der Hand hielt.

»Ein Kinderbuch.«

Sollte sie ihm sagen, dass es für ihre Schwester war? Etwas Persönliches, um als Mensch wahrgenommen zu werden, kam es ihr in den Sinn. Aber Ina zu erwähnen, wäre, als wenn sie sie mit hineinzog, sie in Gefahr brachte.

»Worum geht's?«

»Um drei kleine Bären.«

Ihr schoss in den Kopf, dass Ina anrufen konnte, um zu fragen, wo sie blieb. Das Handy war stumm geschaltet, also würde Ina es in der Buchhandlung versuchen. Der Gedanke an das klingelnde Telefon bestürzte sie.

»Sieht alt aus.«

»Es ist alt. Ich hab immer ein paar von den alten da.«

»Bären.« Er schüttelte er den Kopf. Dann wischte er sich den Rotz von der Nase. »Würde Natti gefallen. Sie hat's mit Tieren.«

Sie wusste nicht, was sie mit dieser Information anfangen sollte. Ob es gut war, damit irgendetwas anzufangen, oder ob sie besser schweigen sollte.

Dann sagte sie: »Gerade ist eins reingekommen, das von einem Okapi handelt.«

»Okapi?«

»Ein Tier in Afrika. Sieht aus wie ein Esel mit Känguru-Kopf und Zebra-Beinen.«

Er kicherte leise. »Ist was für Natti. Lacht die sich kaputt.«

»Ihre Tochter?«

Sein Gesicht versteinerte. Er starrte auf das Buch in ihrer Hand.

Du blöde Kuh, dachte sie. Du verdammte blöde Kuh.

Ihr Blick fiel auf die Kuckucksuhr hinter ihm. Es war fast zehn.

Wenn jetzt das Telefon klingelte.

Aber vielleicht würde es ihn auch verscheuchen. Wie konnte er glauben, dass sie allein auf der Welt war?

Mit der Frage kam die Hoffnungslosigkeit zurück.

Er schwieg und starrte weiter auf das Buch.

Dann sprach er so leise, dass sie ihn kaum verstand.

»Hört die nicht auf zu schreien.«

Sie regte sich nicht. Es war, als ob er einen Ort beträte, an den sie ihm auf keinen Fall folgen wollte.

»Die ganze Nacht geht das so. Irgendwas mit dem Magen, sie kriegt Tropfen, aber mit dem schreienden Kind lassen sie einen allein.«

Vielleicht ist es eine ganz einfache Geschichte, dachte sie, und nicht einmal eine schlimme. Eine ganz einfache Geschichte. Eine Geschichte, die vorbeigeht.

Als er weiterredete, war seine Stimme hell, brüchig.

»Sie sagt, sie muss schlafen, weil sie muss arbeiten, das muss sie mir aufs Butterbrot schmieren. Was kann ich dafür, wenn der Wichser mich hops gehen lässt.

Ich hab das Geld nicht angerührt. Hat mich schon beim Einpacken so blöd angemacht, und kaum ist die Geldkassette weg, war's natürlich ich. Warum ich, warum nicht Bobo, aber der Scheiß Bobo hat einen Stein im Brett, kann machen, was er will. Könnt wenigstens sie mir glauben. Wenn er mich anzeigt, krieg ich Stress mit den Auflagen, so schaut's aus. Ich soll mich zusammenreißen! Die alte Schlampe. Muss ich hinrennen und Bitte

Bitte sagen und wieder zum Amt und die ganze Nacht das Geschrei.«

Sie wollte, dass er aufhörte. Es war, wie wenn sie einen Brunnen hinabfiele, es wurde dunkler und dunkler, und unten wartete nichts als Finsternis.

»Steh ich auf und nehm Natti auf den Arm, ist ja gut, Papa ist da, immer im Kreis, bis sie sich endlich beruhigt, ich leg mich kaum hin, geht es wieder los, noch mal, noch mal, ich konnt schon nicht mehr stehen, jetzt beruhig dich doch, beruhig dich endlich, verdammt!«

Sie starrte auf das Buch. Drei Bären, einer weint. Ein riesiger Mond im Hintergrund.

Seine Stimme brach und ging in ein Wimmern über. »Sackt die nach hinten weg, ich denk, das kann nicht sein, ich hab doch gar nicht fest, ich hab nicht fest! Plötzlich steht die Alte neben mir und schreit wie am Spieß, reißt mir das Kind aus dem Arm und schreit Natti, Natti, dreht total durch, schreit mich an, ich soll den Notarzt rufen, beschimpft mich. Ja, klar, hab ich noch den Scheißarzt am Hals, hör erst auf zu schreien, erst hörst du auf, so einen Scheiß zu erzählen, hört die auf? Die hört nicht auf, die macht weiter und weiter und weiter!

So was lässt keiner mit sich machen, irgendwann ist Schluss!

Ich wollt nur, dass sie aufhört. Ja, ich hab sie weggeschubst, aber doch nur, damit sie aufhört!«

Geh weg, dachte sie. Geh weg.

»Dann war endlich Ruhe. Es war endlich mal Ruhe, verstehst du? Endlich still.«

Er rieb sich übers Gesicht. »Nee. Verstehst du natürlich nicht.« Er sprang auf und fing wieder an, hin und her zu laufen.

Warum hatte er ihr das erzählt?

Warum hatte sie nach seiner Tochter gefragt?

Dass sie es gehört hatte, machte alles noch schlimmer. Sie betete, dass jetzt nicht auch noch Ina anrief. Ein klingelndes Telefon. Ein Tropfen mehr.

Er lief schneller, seine rechte Hand zur Faust geballt. Hin und her, hin und her.

»Muss denn alles schieflaufen! Verdammte Scheiße!«

Er wird es tun müssen, durchfuhr es sie. Eine kalte, grausame Erkenntnis.

Es genügte nicht, sie zu fesseln und dann zu flüchten. Sie war jetzt zu gefährlich für ihn.

Sie wusste es, und er würde es auch wissen, wenn es ihm auch nur für einen Moment gelang, einen klaren Gedanken zu fassen.

Sie musste in Verbindung mit ihm bleiben. Irgendwie in Verbindung bleiben.

»Doch«, hörte sie sich sagen. »Das verstehe ich.«

»Ach ja?!« Seine Stimme überschlug sich. Sie wagte kaum weiterzusprechen, es kostete sie alle Kraft, die sie aufbringen konnte.

»Ich weiß, wie das ist.«

Er lief hin und her. Hin und her.

»Ich hatte eine Schwester. Ich wollte ihr doch nichts Böses.«

Mit jedem Wort konnte alles in sich zusammenbrechen. Es war etwas, das in ihr aufgetaucht war mit dem Gedanken an Ina, eine plötzliche Eingebung, und jetzt musste sie weitermachen.

»Ich habe sie geliebt. Sie war acht Jahre älter als ich. Hat mich quasi großgezogen.«

Ihre Stimme klang fremd. Als sage sie einen Text auf, und das tat sie ja auch, gewissermaßen. Würde er es bemerken?

Der Mann tigerte hin und her. Er unterbrach sie nicht, also redete sie weiter.

»Sie hat mir vorgelesen, Abende lang, wenn unsere Mutter arbeiten musste. Hat mich beruhigt, wenn ich Albträume hatte. Wir waren unzertrennlich, wie man so sagt. Und dann ist sie krank geworden.«

Seine Faust war noch immer geballt, aber nicht mehr so fest. Die Handknöchel waren nicht mehr weiß.

»Das kann man niemandem erklären. Wie das ganze Leben sich ändert. Wie sich ein Mensch ändert, wenn er so krank ist. Alles drehte sich nur noch um sie. Ich hatte das Gefühl, sie kostet es aus. Treibt es auf die Spitze. Man wünscht doch niemandem etwas Böses. Trotzdem. Manchmal hab ich mir gewünscht, es wäre endlich vorbei.«

Er wurde langsamer und blieb stehen, sah auf den Boden. Sie wusste nicht, ob er verstand, was sie ihm mitteilen wollte. Ob sie im Gegenteil zu dick aufgetragen hatte, ein kläglicher Versuch, ihn gewogen zu stimmen.

»Ich hab Bauchschmerzen vor Hunger«, sagte er. »Ich muss weg, aber ich brauch was zu trinken und zu essen. Und ich muss wach bleiben. Ich muss wach bleiben.«

Er schlug sich mit der flachen Hand auf die Wangen.

»Ich hab was zu essen da. Und Kaffee. Die Treppe runter. Da ist eine kleine Teeküche.«

Sofort bereute sie es. Aber es war, als habe das, was sie ihm erzählt hatte, sie tatsächlich zu einer Verbündeten gemacht. Als müsse sie, weil sie den einen Schritt getan hatte, auch den nächsten tun.

Sie musste vorausgehen. Mit jeder Stufe verhärtete sich etwas in ihr, eine dunkle Faust. Es würde ihm unten leichter fallen als oben. Es war ein Wissen tief in ihr, etwas Tierhaftes. Nicht nach unten. Nicht nach unten.

Sie musste den Kühlschrank öffnen und alles auf den kleinen runden Tisch legen. Dann musste sie stehen bleiben, bis er ihren Stuhl platziert hatte. Weg von der Küchenzeile, nicht zu nah an der Treppe.

Er trank die Tüte Milch in einem Zug aus, leerte danach die Wasserflasche. Dann schlang er Brotscheiben und Antipasti in sich hinein.

Nach einer Weile stöhnte er auf. »Jetzt kann ich endlich wieder denken.«

Er füllte den Wasserkocher und versuchte, ihn anzuschalten.

»Hin- und herruckeln. Er ist defekt.«

Sie beschrieb ihm, wo die Thermoskanne war und das Instantpulver.

»Auch einen?«, fragte er.

Er begann die Reste des Essens in die Tüte zu packen. »Ich muss das leider mitnehmen. Muss den ganzen Weg in einem Rutsch schaffen. Ist das Auto vollgetankt?«

»Fast voll.«

Er schob sich noch eine Gabel Antipasti in den Mund, bevor er den Rest in die Tüte packte. »Lecker.«

Seine Freundlichkeit wirkte auf groteske Weise echt. Er könnte ein Lehrling sein, dachte sie. Es könnte ein Abend sein, an dem es spät geworden ist. Inventur. Oder sie hatten gemeinsam die Wände gestrichen, danach die Folie abgenommen. Gemeinsame Brotzeit und das leise, kaum hörbare Simmern des Wasserkochers.

»Was hatte sie eigentlich?«

Sie sah ihn verständnislos an.

»Deine Schwester.«

»Leukämie.«

»Puh.« Er wirkte verlegen. Vielleicht war es doch nicht vergeblich gewesen, was sie versucht hatte.

»Tut mir leid das alles«, sagte er. »Hab ich so nicht geplant.« Dann fing er an, Instantpulver in die Thermoskanne zu löffeln.

»Natürlich nicht«, sagte sie.

Jetzt geht er, dachte sie. Vielleicht geht er jetzt einfach.

Das Telefon klingelte.

Er löffelte weiter. Griff dann zur Zuckerdose, löffelte.

Das Klingeln brach ab.

»Da wundert sich jemand, wo du bleibst. Hm?« Er löffelte viel zu viel Zucker in die Kanne.

Sie wagte nicht zu antworten. »Dann vermisst dich also jemand vor morgen früh. Das ist schlecht. Richtig schlecht.«

Er fing wieder an zu tigern, lief vor der Treppe hin und her.

»Ich verrate Sie nicht«, sagte sie leise.

»Halt's Maul!«

Er lief zur Theke und riss die Schubladen auf, warf ein Brotmesser auf die Theke. Dann griff er nach dem Cutter, mit dem sie die Pakete öffnete. Sie presste die Hand vor den Mund. Ihr entfuhr ein Winseln.

»Verdammte Scheiße!« Er lief wieder hin und her, mit dem Cutter in der Hand.

»Was muss die hier rumhängen, mitten in der Nacht! Scheiße Scheiße Scheiße!« Er griff sich in die Haare, riss daran. »Ich hab viel zu Zeit verplempert. Viel zu viel Zeit!«

In sein Fluchen hatte sich ein anderes Geräusch gewoben, anschwellend. Sie brauchte einen Moment, um zu begreifen, was es war.

»Kann ich ihn wegnehmen«, fragte sie.

»Was!« Seine Stimme klang schrill.

»Den Wasserkocher.« Ihre eigene Stimme klang fern. »Ich muss ihn wegnehmen. Er geht nicht von allein aus.«

»Zieh den Scheißstecker!«

Sie musste ihm den Rücken kehren und sich bücken. Sie erwartete jeden Moment, dass es geschah. Jede Bewegung, die sie tat oder nicht tat, konnte es auslösen.

Sie dachte an Ina. An das Buch, das sie ihr hatte mitbringen wollen. Sie wäre jetzt bei ihr. Ein ganz normaler Abend.

Was drei kleine Bären im Walde erlebten.

Ich muss ihm einen Ausweg anbieten, dachte sie. Eine Geschichte. Eine Geschichte dieses Abends. In der er nicht vorkommt.

Sie zog den Stecker.

»Eigentlich ist nichts passiert«, hörte sie sich sagen.

»Halt's Maul!«

»Ich wollte mir noch einen Tee machen beim Aufräumen, dann habe ich es vergessen. Ich war schon an der Tür. Da ist mir eingefallen, dass der Wasserkocher noch an ist. Ich bin also runter –«

»Kannst du mal die Klappe halten?« Er hörte sich anders an. Leiser und nicht mehr so schrill.

Sie scheute davor zurück, es zu tun, aber es musste sein. Die Geschichte verlangte es. Er musste ihr vertrauen.

»Ich bin runter und hab den Wasserkocher wegnehmen wollen, und dabei« – sie griff nach ihm, so langsam sie nur konnte – »weil ich in Eile war und mit den Gedanken schon zu Hause, hab ich ihn falsch angepackt, und mir ist das kochende Wasser über die Hand gelaufen.«

Sie tat es. Sie wollte schreien vor Schmerz, aber sie durfte nicht. Sie musste weitermachen.

»Ich hab sie gleich unter den Hahn gehalten, aber bei so einer großen Verbrühung …« Sie musste einen Moment Pause machen, stützte sich an der Theke ab.

Er sagte nichts. Gut so, dachte sie. Ihr wurde schlecht.

»So konnte ich natürlich nicht fahren, nicht mit dieser Hand. Also bin ich zum Taxistand am Barbarossaplatz gelaufen. Mein Handy hatte ich in der Buchhandlung liegenlassen. Ich war kopflos.«

Er gab keinen Laut von sich. Sie wagte jetzt, zu ihm hinüberzublicken, sah ihn durch einen Tränenschleier. Er stand da mit offenem Mund, den Cutter in der Hand.

»Der Taxistand war leer, also bin ich weitergegangen zum Bahnhof.« Sie versuchte zu schätzen, wie viel Zeit sie ihm geben konnte, ohne dass die Geschichte zerbrach.

»Ich bin erst gegen Mitternacht in der Klinik angekommen. Dauerte ewig in der Notaufnahme. Und dann bin ich mit dem Nachtbus nach Hause gefahren.«

Der Schmerz war jetzt ein riesiger Riss. Sie befürchtete, sich übergeben zu müssen. Sie atmete so langsam und tief durch die Nase, wie sie konnte.

Er stand immer noch schweigend da.

Eine kalte Wut erfasste sie. Kapierst du, was ich dir anbiete? Setz dich ins Auto und hau ab!

Das Auto.

Sie musste jeden Schritt für ihn tun. Jeden einzelnen verdammten Schritt.

»Dass mein Auto weg war, habe ich erst am Dienstag gemerkt. Den Montag hat die Aushilfe übernommen. Mit so einer Hand kann man nicht im Laden stehen. Ausgerechnet die rechte.«

Endlich war sie fertig. Ihr war so schwindlig, dass sie fürchtete, sich nicht mehr lange auf den Beinen halten zu können.

Als er sprach, begriff sie die Bedeutung seiner Worte nicht gleich. Es klang überhaupt nicht, als sei es dieselbe Person. Es hörte sich kalt an, kalt und grausam neutral.

»Wenn du mich reinlegst.«

Das Nächste, was sie wahrnahm, war ein Krachen, das vom Erdgeschoss kam. Dann Stille.

Sie hatte nicht gehört, wie er nach oben gegangen war.

War er wirklich fort?

Ihr wurde schwarz vor Augen.

Sie erwachte auf dem Boden liegend.

Es schmeckte metallisch. Sie musste sich beim Sturz auf die Zunge gebissen haben. Der Schmerz war schon da. Sie wollte stöhnen, wagte es aber nicht. Sie wartete mitten im Schmerz.

Er hatte den Satz nicht beendet.

*

Ina war hier geboren worden, zwischen Reisen und Handarbeit. Sie war mitten in die Inventur gestürzt.

Sie hatte es so eilig gehabt, dass ihre Mutter es nicht mehr vor die Tür geschafft hatte, geschweige denn in die Klinik. Sie hatten sie gerade noch stützen und von den Schaufenstern wegbringen können: Helen auf der einen Seite, Tante Lomi (die keine Tante war, sondern Mutters Angestellte) auf der anderen.

Es gab damals noch keine Teeküche im Untergeschoss, aber die Toilette mit großem Waschbecken. Tante

Lomi schickte sie nach Handtüchern und Wassereimer, und als Helen die Treppe wieder heraufkam, sah sie den Kopf zwischen den gespreizten Beinen ihrer Mutter, dann glitschte es auch schon heraus. Sie blickte hinüber zur Kuckucksuhr. Helen, Protokollantin der Ereignisse: Es war drei Minuten vor halb vier, und sie war Schwester.

Sie mussten damals den Boden reinigen. Es gelang ihnen nur halb. Ein Fleck blieb. Er wurde blasser, dafür aber auch größer. Später schnitt ihn Tante Lomi heraus und ersetzte ihn durch ein Stück Teppichrest.

Jetzt musste sie es wieder tun: die Buchhandlung reinigen. Sie musste den Mann herausschneiden. Er hatte kein Recht auf diesen Ort.

Inas Sturz auf die Welt half ihr dabei. Wenn ihr Atem schneller ging, wenn die Angst in ihr aufstieg, beschwor sie sie herauf: die Tierlaute, die ihre Mutter gemacht hatte, und das verschmierte Etwas, das auf den Boden glitt und sofort zu plärren anfing. Dort hinten, wo Helen gekauert hatte, kalte Angst im Nacken, war es gelandet, dieses winzige, empörte Wesen. Die Rückeroberung dieses Ortes war ein Ina-Triumph: Hier bin ich!

Schwieriger war die Treppe. Das Untergeschoss. Und die Nächte.

Ina empfahl ihr Tetris. Gut gegen Flashbacks, erklärte sie. Ein Fundstück aus ihren Streifzügen durch Kuriositäten und Forschungsergebnisse. Sie installierte Helen das Spiel auf dem Handy. Helen schob geometrische

Formen zu Ebenen zurecht. Sie träumte von bunten Steinchen, T- und L-förmig und quadratisch, die immer schneller von der Decke fielen. Es war zwanghaft. Es war absurd. Es half, zumindest für den Moment. Ein Stein nach dem anderen. Dann würde sie weitersehen.

Anfang April sahen sie sich den Rest der DVD an. Gegen Ende kam ein Schwung früher Fotos. Ina auf dem Dreirad. Als Baby auf dem Sofa liegend, Helen mit dem Fläschchen über sie gebeugt, heiligen Ernst im Gesicht.

Es war Ina, die im Hintergrund das Buch erkannte. Sie musste hindeuten, damit Helen es auch sah. Was drei kleine Bären im Walde erlebten. Es lehnte an einem Stapel Wäsche, abgeschnitten am rechten Bildrand.

»Warum hast du das eigentlich gemacht?«, fragte Ina leichthin.

»Was?«

Ina deutete mit einer Kopfbewegung auf Helens Hand, die immer noch verbunden war.

»Das hab ich dir doch schon erzählt. Es gehörte zur Geschichte. Zu meinem Angebot. Damit er verschwinden konnte.«

»Ja, aber konntest du keine bessere finden? Eine, bei der du dir nicht die Hand verbrühen musst?«

Helen schwieg. Sie bezweifelte, dass Ina es verstehen würde. Der Polizist, der sie verhört hatte, hatte es auch nicht verstanden.

Ina sah sie erwartungsvoll an. Helen wusste, sie würde nicht lockerlassen.

»Ich hatte das Gefühl, es muss sich entladen. Wenn ich es nicht tue, tut er etwas Schlimmeres.«

Ina nickte. »Eine Opfergabe.«

Helen mochte das Wort nicht. Sie wollte widersprechen, doch sie wusste, dass es nicht ganz unzutreffend war.

»Außerdem warst du immer schon eine lausige Geschichtenerzählerin«, sagte Ina.

Es versetzte ihr einen Stich, obwohl sie Inas Humor kannte, ihr Über-Bande-Spielen.

»Er wollte mir glauben«, erwiderte sie. »Das war meine ganze Hoffnung.«

Mit einem Mal fühlte sie sich erschöpft von dieser Unterhaltung. Sie senkte den Kopf und blickte auf ihre verbundene Hand. Es war die rechte. Sie war Linkshänderin, es war das eine Wagnis, das sie eingegangen war. Ein nur halbes Opfer.

Sie verschwieg Ina die andere Geschichte, die sie dem Mann erzählt hatte. Die von ihnen beiden, in vertauschten Rollen: Helen als Ina, Ina als Helen. Das todkranke Mädchen und die Schwester, die wünschte, es wäre endlich vorbei. Nur eine Geschichte.

War es das?

Da war dieses Gran, das man nicht zu fassen bekam. Das Unaussprechliche.

Sie sah zu ihr hinüber. Inas eigene Narbe ruhte unsichtbar in ihrer Handfläche, aber Helen wusste ja, dass sie da war.

Helen war damals zu Hause gewesen, eine Pause zwischen den Behandlungszyklen. Ina hatte sich erkältet, sie mussten Abstand voneinander halten wegen der Infektionsgefahr.

Mutter hatte ein Handy gekauft, um für Helen und die Klinik immer erreichbar zu sein. Sie war einkaufen und hatte es daheim liegenlassen. Helen war eingenickt und aus dumpfen Träumen erwacht, ein altes Kinderbuch in der Hand. Sie fühlte sich müde und abgeschlagen, zugleich einsam und bedürftig. Ihr kam die Idee, Ina und sie könnten telefonieren: sie mit dem Handy, Ina am Festnetz. Sie könnte Ina vorlesen, wie früher.

Sie rief an und hörte das Klingeln im Flur, aber Ina ging nicht ran. Also ging sie zu Inas Zimmer.

Die Tür war angelehnt. Ina saß auf dem Boden, den Kopfhörer auf den Ohren, eine Kerze vor sich. Sie hielt etwas darüber. Sie zündelte oft, Flammen übten einen unwiderstehlichen Reiz auf sie aus.

Helen war im Begriff, nach ihr zu rufen, um durch den Kopfhörerlärm zu ihr vorzudringen. Da erkannte sie, dass da nichts war, das Ina über die Flamme hielt. Nichts als ihre Hand. Zu nah. Zu lang.

Sie entfernte sich unbemerkt.

Sie verwarf die Idee mit dem Vorlesen. Sie verabschiedete sich von der Vorstellung, Ina sei das Kind, das sie gekannt hatte, und sie die Schwester, die dieses Kind einmal gehabt hatte. Sie gab die Vorstellung auf, irgendetwas zurückdrehen zu können. Ina war neun Jahre alt. Ihre Kindheit war von Helens Diagnose abgeschnitten worden wie ein zu langes Kleid. Sie war ein Mädchen, dessen Brustansätze sich hauchzart unter dem T-Shirt abdrückten (warum war Helen das nicht aufgefallen? Wann hatte es begonnen?) und das stumm und mit einem Mund wie ein Strich die Hand über eine Flamme hielt. Vielleicht weil Schmerz die Währung war, in der in dieser Familie jetzt gezahlt wurde. Um ein Mal zu tragen in der Hoffnung, jemand würde es bemerken.

Sie selbst war siebzehn und bekam ihre Tage nicht mehr. Sie wusste schon, dass sie wahrscheinlich nie Kinder bekommen konnte, aber das war nur eine schlechte Nachricht von vielen, eine Zukunft betreffend, die ihr ohnehin nichts sagte. Ihr Hirn war Brei. Zu dumpf, um etwas Anspruchsvollerem zu folgen als der Handlung eines alten Kinderbuchs, Was drei kleine Bären im Walde erlebten. Süchtig nach einfachen Geschichten, die gut ausgingen.

Sie hatte Mutter damals nichts erzählt von der Kerze und es auch Ina gegenüber nie erwähnt. Sie hatte achtgegeben, ob weitere Male dazukamen. Es blieb bei diesem einen.

Die Narbe auf Inas Handfläche war nichts als ein kleiner roter Fleck. Er war leicht zu übersehen und überdauerte die Zeit.

*

Das Kind hatte überlebt. Sie lasen es in der Zeitung. Die Frau war sofort tot gewesen. Genickbruch. Das Wort

Familiendrama stieg bitter in Helen auf, aber es waren nicht mehr die Zeiten, in denen es so bezeichnet wurde.

»Man weiß nicht, in welchem Zustand es ist!«, rief Ina aus der Toilette. »Kann mir nicht vorstellen, dass da keine Schäden bleiben.« Sie hatte zu ihrem grausamen Realismus zurückgefunden. Die reale Katastrophe schien ihre eigenen, diffuseren Ängste zu verscheuchen. Nur die Tür ließ sie offen, während sie den Schwangerschaftstest machte. Das Ergebnis legte sie auf den gedeckten Tisch.

»Gruß aus der Küche«, sagte sie trocken.

Der Mann war aus einem Kanalbecken geborgen worden, aus dem Wrack von Helens Auto. Auch sein Schatten schwand, seine fahrige, unberechenbare Existenz.

Was nicht schwand, was im Gegenteil Konturen annahm, je runder Inas Bauch wurde, je näher der Geburtstermin rückte (je wirklicher für Helen die Vorstellung wurde, Tante zu werden; eine Vorstellung, die sie auf völlig unerwartete Weise aufwühlte); was sich einknüpfte in das Geschehene wie etwas, das sie wirklich erlebt hatte, so wirklich wie alles andere: das Entsetzen der Frau.

Wie die Schreie des Kindes sie aus dem Schlaf an die Oberfläche gehoben hatten. Wie sie instinktiv hatte aufstehen wollen, dann aber liegengeblieben war, im Zwischenraum schwebend. Wie sie, als die Schreie abrupt endeten, mit einem Schlag hellwach war. Wie sie aufsprang, durch die angelehnte Tür trat und das Kind wie leblos in seinen Armen hängen sah.

Sie hörte die Frau schluchzen. Sie hörte ihre Rufe, ihr Flehen, immer und immer wieder.

Mein Baby. Mein Baby.

ÜBERS EIS

Die Kunstläuferin mit dem umgeschnallten Kissen. Springen, fallen und aufstehen. Springen. Springen und fallen. Und aufstehen.

Und wir: unser Stöhnen über die altmodische Musik und dann doch fortgetragen werden. Gelangweilt oder versunken in Dreier, in Mohawks, Schrittfolgen. Unsere verzagten Spurenbilder. Schattentanz.

Alles sei abgerissen worden, erzählte mir jemand, den wohligen Schauder in der Stimme, der uns jetzt eigen ist, wenn die Welt, die wir kannten, nach und nach vergeht. Aufgeworfene Erde, auch der Eingang mit der Kasse, Kabinen, Schlittschuhverleih, das Restaurant auf der anderen Seite …

Und die Tribünen!, dachte ich bereitwillig, Scheinwerfer, die blauen Abfalltonnen an der Bande. Sogar der Geruch der Umkleidekabinen war nun zurück, diese Mischung aus Leder und kaltem Schweiß der Eishockeyspieler. Das ewige Naselaufen und meine Hand so kalt, dass ich einmal den Schlüssel im Schloss meines Fachs nicht mehr drehen konnte. Eines der anderen Mädchen musste mir helfen, da war Juna schon lange verschwunden. Juna. Woher, aus welchen Tiefen ihr Name aufsteigt.

Sie konnte zaubern. Das war Jahre zuvor, als ich, zweikufig unter jedem Schuh, mehr rutschte als glitt, über meine Stoffpuppe gebeugt. Auch die Puppe trug Schlittschuhe. Den leisen Druck ihrer Kufen auf dem Eis musste ich in meinen Händen spüren, dann war alles richtig. Meist folgten wir einer tiefen Rille, aber am schönsten war, wenn der dünne Film noch auf der Bahn stand, den die Eismaschine hinterlassen hatte, glänzend in der Sonne oder schimmernd unter der Wolkendecke oder, wie an diesem Abend, im kalten Schein der Flutlichter.

Zuerst sah ich ihre Schlittschuhe mit gelben Überziehern, darüber den Schaft der Stiefel. Die Puppe und ich stoppten und blickten auf. Sie stand direkt vor uns, blass und mit Sternen im Haar, ihre Augen hell wie Glas in diesem Licht. Sie wisperte mir ins Ohr, atemlos: Ich habe Elfen gesehen! Genau dort (sie deutete): im Dunkel zwischen Restaurant und Tribünen.

Ich bin Juna, sagte sie später, dann dirigierte sie mit einer Hand, einem unsichtbaren Zauberstab: Kramdada, du bist weg! Und lachte. Ich war noch da, aber ich beschloss: Es ist alles, alles wahr.

Juna war luftig, mal da und mal nicht. Manchmal lachte sie, manchmal erzählte sie von den Elfen und dann wieder, immer öfter, sah sie durch mich hindurch. Ich konnte mich auf sie nicht verlassen. Es war aber nichts, woran ich sie maß, sie war das Mädchen mit dem unsichtbaren Zauberstab. Irgendwann blieb sie fort. Wochen danach wurde ihr Name leise ausgesprochen von den Eltern, die an der Bande standen. Ihre Stimmen senkten sich, wenn wir Kinder uns näherten, verstummten. Ich fragte nicht nach ihr, aber nächtelang sah ich sie zwischen Baumstämmen mit ihrer Zauberstab-Hand, eine Eule folgte ihr über den Wipfeln, bevor ich einschlief. Eine dumpfe Schwere lag noch eine Weile über der Eisbahn und verging dann.

Später jene andere Zeit, jene Spurenbilder, Schattentänze, Rockerfoxtrott und Blues, unsere eingezogenen Schultern, der Wunsch zu verschwinden und das imaginäre Publikum. Vorboten und Tränen. In genau jene Finsternis zwischen Restaurant und Tribünen, die Juna mir gezeigt hatte, träumte ich den Geliebten. Die Freude und Enttäuschung, wenn das Training vorüber war, ich von der Bühne abtrat. Diese spezielle Art Trockenheit der Tücher, mit denen wir die Kufen abrieben, und immer blieben Wasserschlieren auf dem Metall. Wie der Druck am Knöchel nachließ und das Scheuern an den Fesseln. Die Stücke Schaumstoff, die wir aus den Schlittschuhen zogen.

Einmal war ich mit einem Jungen verabredet, wir standen in lässiger Distanziertheit vor der Kasse zur Eisbahn. Er hatte nicht genug Geld dabei und ich traute mich nicht, ihm etwas zu borgen. So gingen wir auseinander. Diese wackelige Existenz, jeder Schritt ein Fehler. Ich hätte ihm meine Pirouette zeigen können! Spürte schon den abrupten Druck seiner Hand auf meinem Arm, als er das Gleichgewicht verlor und (wer weiß) mich im Fallen mit nach unten zog.

Das Herbeisehnen von was auch immer. Das soll jetzt alles abgerissen sein.

Er hatte, erzählte er später, wirklich damals im Dunkel gestanden.

HANS

Mein Sohn interessiert sich für Wolken. Nicht in einem meteorologischen Sinn, sondern Wolken an sich. Ihr durch und durch veränderliches Dasein am Himmel. So wie gerade eben: die große jenseits des Opernhauses überm Oslofjord.

Einem Eisblock nachempfunden sei sie, die Oper, steht in meinem Reiseführer. An diesem Februartag, an dem der blauschimmernde Quader aus den schneebedeckten Dachschrägen aufragt, umgeben von den stumpfen Eisplatten des Ufers, ist der Anblick so überwältigend, dass er mir die Tränen in die Augen treibt. Auch Hans scheint das Gebäude zu mögen, aus anderen Gründen allerdings als ich: Es lässt ihm fast ungehinderten Blick auf die tiefe Wolkenkette überm Ekeberg. Wenn kein Gebäude im Weg stünde, wäre es freilich noch besser, aber so, durch die riesigen Glasfronten hindurch, geht es auch. Aus der Perspektive meines Sohnes ist die Welt ziemlich verrückt: so viel architektonischer Aufwand für eine Notlösung.

Es ist eine traurige, angstvolle, wütende und manchmal, in Momenten wie diesen, überraschend heitere Reise.

Vielleicht liegt es am Sekt. Dem aufwühlenden Flirren, von dem wir gerade kommen. Vielleicht auch an den beschwingten Schritten meines Sohnes neben mir. Nach einem blauen Osloer Himmel gestern, bei unserer Ankunft, ist der heutige Tag wie für ihn gemacht: locker bewölkt. Und ich bin endlich nicht mehr so grimmig und innerlich verkrampft. Diese Verkrampfung hat er gespürt, ich bemerkte es am leisen Wiegen seines Körpers und dem Klopfen seines linken Zeigefingers auf den Resopaltisch im Frühstücksraum. Wir sind wie ein altes Paar, er und ich: Unsere Launen schwingen wortlos vom einen zum anderen und wieder zurück, und manchmal, wenn wir Glück haben, schwingen wir uns daran auf zu etwas Neuem.

Als er fünfzehn war, habe ich mit ihm zu üben versucht. Es war kein Versuch, mein Kind in eine von der Welt vorgesehene Bahn zu lenken. Das lag hinter uns. Es war unbestimmter und hatte wohl mehr mit mir zu tun als mit ihm, mit dem immer wiederkehrenden, untilgbaren Gefühl von Versäumnis. Wenn schon sein Interesse nach oben geht, dachte ich, soll er sich wenigstens die Begriffe einprägen, für irgendetwas mag es gut sein: Cumulus, Stratus, Nimbostratus. Und Altostratus. Dann die Mischformen, und schließlich Cumulonimbus, hoch aufgetürmt über alle Schichten. Bis heute kann ich diese Vokabeln aufsagen, die durch Hans damals hindurchgingen wie durch Luft. Ich sehe ihn noch lächeln mit der leicht süffisanten Überheblichkeit, die seinem Vater eigen ist, seinem Vater, der zu diesem Zeitpunkt schon auf dem Weg anderswohin war und der seither in Oslo, Shanghai oder New York Geschäfte macht oder an einem anderen der vielen Orte, an denen er nicht zu Hause ist. Sein Sohn hielt es damals für abwegig, dass zwischen den Wörtern, die ich ihm vorsagte, und dem, was er am Himmel wahrnahm, irgendein brauchbarer Zusammenhang bestehen könnte. Und natürlich hatte er recht, denke ich jetzt, während wir den schmalen Anstieg zum Dach der Oper nehmen in kleinen, ängstlichen Schritten und dann auf halber Höhe abbrechen wegen der immer dickeren Eisplatten. Er hatte vollkommen recht. Auch wenn die Frage bleibt und sich drängender stellt denn je: Was soll aus einem werden, der Wolken sammelt?

Die Bettlerin in der Storgata, die auf einer Decke in der Kälte saß, hat sie mir heute Morgen zugeworfen, und die Firmenschilder auf dem Hochhaus, an dem wir vorbeikamen auf dem Weg zum Restaurant, haben sie mir zugeworfen, übereinander die Namen all der Firmen die Fensterfront hinauf. Lauter Orte, an denen Hans nie arbeiten wird. Sie haben mich an die Gäste von Achims Feier denken lassen, zu der wir unterwegs waren, an diese Menschen, die ich nicht kannte, an Small Talk über ihre Kinder, Erzählungen von Auslandsaufenthalten und Fellowships, Work and Travel in Australien. Während ich für Hans gerade eine neue Werkstatt aufgetan habe in der Hoffnung, dass es diesmal gutgeht. Für einen wie ihn gibt es keinen natürlichen Ort, nur eine natürliche Haltung: den Kopf himmelwärts.

Jetzt ist Pause zwischen dem mittäglichen Sektempfang mit Imbiss und den Abendfeierlichkeiten. Wir haben uns abgesetzt, statt uns an der organisierten Stadtführung zu beteiligen. Für Hans spränge dabei kaum etwas heraus – noch mehr architektonischer Aufwand und die falsche Blickrichtung, Stehenbleiben an Orten, an denen die Sicht auf den Himmel verstellt ist –, und ich habe zu viel Sekt getrunken und brauche eine Auszeit.

Achims Gäste waren geradezu beschämend aufmerksam, nett. Auch zu Hans. Jedenfalls die, mit denen ich sprach im Gedränge des ebenfalls überraschenden Restaurants, das nichts Schickes an sich hat, eher etwas Pizzeria-Artiges. Die ganze Stimmung war anders, als ich es mir vorgestellt hatte, kein Geschäftsessen in privat. Wie sie miteinander lachten, Achim umarmten, unangestrengt heiter. Auch die Frauen. Von denen keine zu ihm zu gehören scheint. Achim, der Schweigsame, hatte offenbar nichts verschwiegen. Das war beängstigend.

Jetzt gehe ich neben Hans am Fjord entlang, mit offenem Blick und ohne Ahnung, was ich da sehe. Will einfach nur schauen. Hans ja ohnehin. Dann bricht mir die Zeit weg, und ich stehe auf einmal, wie ein Kind die Inschrift überm Eingang buchstabierend, vor dem Nobel Price Center. Hans geht achtlos daran vorbei wie an allen Gebäuden mit intransparenter Fassade. Ich folge ihm hinunter zu den Schiffen, über denen sich der Himmel ausdehnt, sehe zur Uhr am Ufer, die mir in allen vier Himmelsrichtungen zu verstehen gibt: Es ist schon später, als du denkst.

Achim, der sich jetzt Ake nennt, englisch ausgesprochen. Ake, ausgerechnet: Schmerz. Er ist in geradezu provokantem Ausmaß das, was man fit nennt. Kein Ansatz von Bauch, die muskulösen Arme unterm weißen Hemd zu erahnen. Die Falten in den Augenwinkeln stehen ihm gut, das habe ich auf eine Weise registriert, die mir nachgeht. Dabei ist er im Grunde ein Wolkensammler ohne Wolken, jedenfalls ist das mein Verständnis von Achim. Meiner Meinung nach ist er in diese Welt der Geschäfte hineingeraten in einer Mischung aus Ehrgeiz und Ratlosigkeit. Er wusste schlichtweg nicht, was er sonst tun sollte. Und weil er alles, was er anpackt, so gut wie möglich macht, ging es weiter und weiter, höher, wenn man so will, gewissermaßen mit und ohne sein Zutun.

Wenn ich abends im Bett liege und versuche, mir die Panik vom Leib zu halten, denke ich nicht an ihn. Ich denke überhaupt an keinen Mann. Meine Hände liegen auf meinen Brüsten. Sie finden den Weg dorthin unwillkürlich, und ich staune über diese Geste. Als wäre sie bis vor Kurzem nur zulässig gewesen, wenn ich dabei Männerhände imaginiere. Als hätte ich ein Leben lang nicht gewusst, dass das möglich ist: eine so selbstverständliche Zuwendung. Als wäre die Liebe einfacher, wenn man sie auf den Kopf stellt.

Ich schließe dann die Augen und lasse die Wärme von mir zu mir fließen. So, ohne Druck, spüre ich den Knoten nicht. Ich habe aufgehört, angstvoll nach ihm zu tasten. Ich bin wieder mit mir allein, auf andere Weise allerdings als zuvor, wie wenn das möglich wäre: dass man zu sich selbst findet. Insofern hätte der Knoten, so absurd es ist, zu etwas Gutem geführt.

Wohin führt er noch?

Ich hatte Achim schon abgesagt. Ich fand es abwegig, zu seiner Geburtstagsfeier zu reisen, noch dazu mit Hans. Nach Oslo, wo Achim eine Zweitwohnung hat. Wo die Firmen-Dependance ist. Allein schon die Worte *Zweitwohnung* und *Dependance*. So abwegig wie der Besuch auf einer Raumstation. Eine Welt, vor der ich unseren Sohn schützen muss. Oder mich selbst vor der Selbstverständlichkeit, mit der sich Hans den Wolken ab- und seinem Vater zuwendet?

Dann kommt doch vielleicht im Juni, hatte Achim am Telefon leise erwidert, zur Sonnwende. Die Enttäuschung in seiner Stimme irritierte mich, machte mich aggressiv. War es der runde Geburtstag, der ihm zusetzte? Die in die beruhigende Nüchternheit von Bilanzen stürzende Erkenntnis, dass das Leben endlich ist?

Vielleicht, habe ich geantwortet.

Nur dass ich Donnerstagnacht, kurz vor dem Wochenende von Achims Feier, gebucht habe. Ich habe es vor allem für mich selbst getan. Um eine Wartezeit zu überbrücken, und ja, auch das: weil ich nicht weiß, was im Juni ist.

Machen Sie sich erst einmal keine Gedanken, hat die Ärztin gesagt, als ich schon halb aus der Tür war, und da fielen sie über mich her, die Gespenster. Warum hat sie das gesagt?

Das Untersuchungsergebnis komme nicht vor Montag.

Hans wendet sich vom Wasser fort Richtung Stadt. Normalerweise meidet er solchen Lärm, solche tiefen Straßenschluchten. Jetzt zieht es ihn weg vom freien Blick, und das irritiert mich, während ich in Endlosschleife den Satz höre: Machen Sie sich erst einmal keine Gedanken.

Vorhin beim Sektempfang habe ich nicht daran gedacht. Ich feiere den Geburtstag meines Ex-Mannes unter Fremden und bin dankbar für deren Zuwendung. Für die Unterhaltungen auf Englisch, vor denen ich mich gefürchtet habe und die alles wunderbarerweise noch ferner rücken. Für den Aufenthalt auf der freundlichen Raumstation. Für die selbstverständliche Zuneigung, die Achims Freunde meinem schwachsinnigen Sohn entgegenbringen.

Dieses Wort steht tatsächlich in den frühen Gutachten aus seiner Kindheit, bevor es durch andere Begriffe abgelöst wurde, die sich über seine Lebensjahre spannen wie ein dünner, klebriger Faden. Auch wenn Hans etwas Widerspenstiges hat, unzugänglich für Kategorien und Bezeichnungen. Dass er stumm ist, hat keine organischen Ursachen, tatsächlich bringt er die Wörter flüssig heraus, die wenigen, die er zu seltenen Gelegenheiten preisgibt. Mehr hat er nicht zu sagen, er spricht für sich in allem, was er tut oder unterlässt. Ich kenne niemanden, der undurchsichtiger und zugleich wahrhaftiger ist.

Dass seine Mutter krank werden könnte, war in unser beider so fein aufeinander abgestimmten Leben nicht vorgesehen. So viel zur Erkenntnis, dass das Leben endlich ist. Man braucht keine Vorstandsetagenexistenz, um sich etwas vorzumachen.

Nachts, mit den Händen auf meinen Brüsten, halte ich jetzt manchmal Brandreden. An die Adresse von Mia zum Beispiel. Meine Freundin Mia, die so gern betont, jeder Mensch müsse seinem eigenen Impuls folgen, und die zugleich nicht müde wird, mir Ratschläge zu erteilen. Du musst loslassen. Jetzt, nachgetragen, brodelt es in mir. Ich sammle Antworten auf all die schweigend hingenommenen Zumutungen.

Gerne!, rufe ich aus, hätte ich damals ausrufen sollen: Das ist eine hervorragende Idee, Mia, ich danke dir! Dann mache ich also doch die Sechswochenkur und übe das Loslassen, ich schreibe dir alles auf, es ist ja nicht viel, morgens beim Frühstück hilft er dir, dann kommt der Bus, an manchen Tagen musst du ihn überreden mitzufahren, wie lange es mit dieser Werkstatt noch gutgeht, weiß ich nicht, versuchen solltest du es, an manchen Tagen gelingt es nicht, dann stellt sich die Frage: ihn allein lassen und selbst zur Arbeit fahren oder nicht? Durchzählen, wie viele Krankentage du schon verbraucht hast. Abschätzen, ob heute ein sicherer oder ein unsicherer Tag ist. Es in seinen Augen suchen, den Bewegungen seiner Hände. Jemanden anrufen. Ich kann dir eine Liste mit Telefonnummern dalassen, sie ist nicht besonders lang und du solltest dir nicht zu viel davon versprechen. Manchmal kommt auch ein Anruf von der Werkstatt, wenn er einen Anfall hat, sie sind aber selten. Manchmal kommen sie nachts, dann hilft am besten, ihn festzuhalten, Mia, ganz fest. Abends freier Blick auf dem Balkon, wichtig nach einem Tag in geschlossenen Räumen. Und darauf achten, dass er genügend isst und trinkt, damit er nicht verschwindet, gedankenverloren verdurstet oder verhungert. An manchen Tagen musst du ihm den Hintern abputzen, weil er vergisst, dass er kein Kind mehr ist, du kannst das natürlich auch bleiben lassen, da muss jeder seinem eigenen Impuls folgen. – Nächtelang halte ich jetzt diese empörten Ansprachen, die ich im Leben nicht halten werde, niemals, weil sie ein unerträglicher Verrat wären. Und das Schlimmste, das wirklich Schlimme ist, dass Mia recht hat.

Es hätte Orte gegeben für Hans, keine schlechten, keine guten, wir haben es versucht, wir haben vieles versucht, ich habe nicht durchgehalten, so würde Mia sagen, ich hätte durchhalten müssen, denn aus mittlerer Distanz betrachtet gibt es immer Lösungen, und es ist immer mein eigenes kleines Versagen gewesen, wenn wir scheiterten. Wenn Hans herauskippte. Wenn ich meinem Impuls gefolgt bin. Wenn ich ihn zurückgeholt habe.

Du hättest durchhalten sollen, sagte Mia dann. Sagten andere.

Sagte Achim.

Sie alle bekommen jetzt recht durch eine Verhärtung, die ich spüre, sobald ich meine Hand nur ein klein wenig fester auf meine linke Brust drücke. Dann wächst etwas, das tatsächlich mit Loslassen zu tun hat, aber nicht so, wie Mia sich das ausmalt in ihrer Wasserfarbenwelt. Ich bin wütend und voller Angst, und ich grabe mich durch den Stollen auf die Seite jenseits der Sorge, aber es ist ein dunkles Graben, Mia. Ein dunkles Graben.

Ich habe vollkommen die Orientierung verloren. Meinem Gefühl nach sind wir in einem großen Kreis gelaufen und wieder unterwegs Richtung Ufer, doch jetzt geht es leicht bergauf, und Hans strebt den Treppen vor uns zu. Wir sollten allmählich umkehren, zurück zum Fest, zu den freundlichen Fremden mit Achim mitten darin, aber ich lasse Hans gewähren, achte nur darauf, dass er nicht blindlings über die Straße läuft, halte ihn am Ärmel fest, wer wird das tun, wer wird ihn festhalten, wer?

Ich werde mit Achim reden müssen, wenn sich das, worüber ich mir erst einmal keine Gedanken machen soll, als das herausstellt, was jetzt schon von mir Besitz ergriffen hat. Ich kann nicht anders, ich muss es zu Ende denken.

Vor Achims Blick fürchte ich mich. Seiner hilflosen Betroffenheit. Ein so abgrundtief intimes Gespräch. Ich werde mich schnell retten müssen zu dem, was ich ihm gegenüber Worst Case nennen werde. Es ist so, Achim, ich habe Angst, dass sie Hans ins ambulante Wohnen stecken. Ich werde ihm das Wort erst einmal erklären müssen und das, was ich daran fürchtenswert finde, jedenfalls für Hans. Er wird dankbar sein für die Konkretheit dieser Sorgen, auch wenn er sie nicht teilen wird, auch wenn er mich unterbrechen und erwidern wird, ich solle den Teufel nicht an die Wand malen, und ich werde mir sagen – so wie ich es mir damals hätte sagen sollen, bevor alles auseinanderbrach zwischen uns, aber wahrscheinlich hätte auch das nichts gerettet –, dass das keine Überheblichkeit ist, sondern nur eine andere Art, mit der Realität umzugehen. Oder mit der Angst vor ihr.

Wenn wir uns erst einmal an diesen Wörtern festhalten können, wird alles leichter. An diesen greifbaren Aufträgen für die Zukunft. Da kann einer die Ärmel hochkrempeln, zum Telefon greifen und die richtigen Leute anrufen. Die richtigen Leute. Nur dass Achim von der Parallelwelt, die für seinen Sohn zuständig ist, keine Ahnung hat, zu schweigen davon, wie schwierig es inzwischen ist, eine geeignete Bleibe für ihn zu finden. Aber vielleicht ist auch dort alles noch mit Geld zu regeln, immer noch.

Mia, hoffentlich, wird für die Zuwendung sorgen, die auch Hans ab und zu braucht. Es ist ein warmer Blick, den sie ihm entgegenbringt, und wenn diese Zuneigung nicht auf eine allzu harte Probe gestellt wird, wird sie sich nicht so schnell verbrauchen. Für die täglichen Dinge des Lebens werden bezahlte Leute zuständig sein, privat oder in einem Heim, sofern sich doch noch eines findet, in wechselnden Heimen, wenn wieder einmal alles zusammenbricht, und die letzte Instanz namens Ake, Schmerz, wird in Shanghai per Smartphone erreichbar sein und alles interkontinental regeln. Hans will immer nur zum Fenster hinausschauen? Dann lassen Sie ihn, lassen Sie ihn! Es sind die Wolken, er braucht sie.

Irgendwie wird es gehen, im Falle des Falles.

In welchem?

Diese Sorgen sind, neben allem anderen, auch ein Ablenkungsmanöver.

Wir sind die Treppen hinaufgestiegen und stehen im Schlosspark, und erst jetzt begreife ich, welchem Ort Hans zugestrebt ist: Der Himmel wölbt sich über uns und vor uns bis hinunter zum Fjord, wir stehen mitten darin. Hans steht ganz still, schnuppert und schaut, und unter diesem schönen, unter diesem großen, offenen Himmel tut sich auf einmal der Abgrund auf. Für einen Moment lehne ich mich an meinen Sohn, halte mich an ihm fest, an seiner aufrechten, unerschütterlichen Leidenschaft.

Was ich darum gäbe, sie einmal, nur ein einziges Mal mit seinen Augen zu sehen: jene Gebilde aus Schwebeteilchen und Wasser. Jenes Weiß, Grau und durchschimmernde Blau. Gelb manchmal bei vorbrechenden Sonnenstrahlen oder aufkommenden Gewittern. Dann die Nuancen von Rot. Es ist eine begrenzte Farbpalette, die der Himmel bietet, in unendlicher Abtönung.

AGENDA

Kann sein, dass morgen die Fenster schwarze Löcher sind, Schwärze sich auch über die Fassade zieht und ein beißender Geruch in der Luft liegt. Jetzt jedoch noch nicht. Jetzt sitzen sie im kleinen Besprechungsraum, und Gehrcke sagt: Zwanzigster. Er steht auf und schreibt das Datum aufs Flipchart: 20. März.

»Unmöglich«, sagt Carla. Sie hört selbst, wie gepresst ihre Stimme klingt. Ihre Wangen beginnen zu glühen. Gehrcke wird es sehen, unweigerlich, sie kann nichts dagegen tun.

»Der Termin ist politisch«, sagt Gehrcke mit einer Beiläufigkeit, die nicht zum Gehalt seiner Aussage passt. In letzter Zeit sind Liefertermine immer »politisch«. Carla bemerkt, wie Mike neben ihr sich fast unmerklich auf seinem Stuhl bewegt. Es ist diese Unmerklichkeit, die sie noch mehr aufregt.

Gehrcke sagt: »Am Zwanzigsten müssen wir etwas haben, das steht außer Frage. Noch Kaffee?«

Er greift zur Kaffeekanne und schenkt ihr nach. Dann füllt er Mikes und seine eigene Tasse, während Carla Gründe aufzählt, warum es vollkommen unmöglich ist, bis zum Zwanzigsten irgendetwas Vorzeigbares fertigzubekommen. Sie wartet darauf, dass Mike ihr beispringt.

Er tut es nicht. Er tut es immer seltener in letzter Zeit. Wie kaum noch vorhanden sitzt er auf seinem Stuhl.

»Grob überschlagen«, sagt Gehrcke, als hätte Carla gar nicht gesprochen, und tritt wieder ans Flipchart. »Nur die wichtigsten Punkte.« Er schreibt schon mal die Zahlen 1, 2 und 3 untereinander.

Er heißt Tom, dieser Gehrcke, und hat sich nicht nehmen lassen, anzureisen und das Meeting in Präsenz abzuhalten. Natürlich duzen sie sich, aber wenn sie in seiner Abwesenheit von ihm sprechen, nennen sie ihn nur Gehrcke. Er kommt aus dem neuen Mutterkonzern und betreut jetzt die Wartungsprojekte.

Da gebe es nichts zu überschlagen, sagt Carla. Sie sind ja noch nicht einmal mit der Bedarfsanalyse durch.

»Grob«, wiederholt Gehrcke mit dem Stift in der Hand, den Blick immer noch aufs Flipchart gerichtet. Carla nimmt die hauchdünne Veränderung wahr in seinem Ton. Vielleicht ist es auch die Knappheit dieses Wortes oder das Wort selbst: grob.

Zwei Stunden später steht eine Liste von sieben Punkten auf dem Flipchart, grob überschlagen auf der Zeitschiene bis zum 20. März. An jedem dieser Punkte kann Carla das »Politische« ablesen: Zu diesem Termin soll der Kunde davon überzeugt werden, von der alten, maßgeschneiderten Softwarelösung, die sie und Mike seit Jahren betreuen, auf ihr neues Firmenprodukt umzusteigen, weil das lukrativer ist: Abomodell. Und er soll sich natürlich für *ihr* Produkt entscheiden und nicht für das der

Konkurrenz. Eine Mischung aus Erpressung – der Wartungsvertrag für das alte System wird nicht verlängert – und Überzeugung, und für die Überzeugung sind Mike und sie zuständig: eine Demo der wichtigsten Abläufe in der neuen Software, natürlich gefüttert mit echten Daten und belastbar, am 20. März.

Unter normalen Umständen wäre sie froh, diesen Methusalem von System loszuwerden. Aber die Umstände sind weniger normal denn je, seit sie aufgekauft worden sind. Sie sollen bis zum Zwanzigsten etwas aus dem Boden stampfen, wie auch immer das gehen soll. Carla kann die kritischen Fragen, die die Fachleute des Kunden stellen werden, jetzt schon hören, und darauf wird nicht Gehrcke antworten müssen, sondern Mike und sie, schließlich ist es ihr Projekt. Es kann nicht gutgehen, und sie werden dafür verantwortlich gemacht werden.

Ihre Wut ist inzwischen Erschöpfung gewichen und einer Erstarrung, die von ihrem Nacken ausstrahlt. Von Mike ist die ganze Zeit über kaum etwas zu hören gewesen, obwohl er die Sprengkraft dessen, was da auf dem Flipchart steht, genauso gut einschätzen kann wie sie.

»Puh«, sagt Gehrcke, »jetzt haben wir uns das Mittagessen aber verdient.« Er ist ein großer, schwerer Mann mit einem Gesicht, als würde er oft und gern Witze erzählen, und mit überraschend feingliedrigen Fingern. Nach dem Essen legt er sein Smartphone auf einem der runden Tische vor der Kantine ab und holt Café Latte für sie drei.

»Schau nicht so ernst«, sagt er zu ihr, als er wiederkommt. »Ernst wird es früh genug.«

Mike und sie wechseln Blicke. Sie ist sicher, auch er denkt an die Gerüchte, die seit einiger Zeit aus dem Mutterkonzern zu ihnen dringen und die auf beklemmende Weise zu der Formulierung passen, die dem Konzernchef auf eine kritische Nachfrage hin in der Mitarbeiterversammlung herausgerutscht ist, garniert mit viel »nun« und »schließlich«: Eine Hecke müsse von Zeit zu Zeit gestutzt werden. Die Deutlichkeit dieses Bildes war vermutlich unbeabsichtigt. Zuvor, in seiner vorbereiteten Ansprache, hatte er ihre Firma als Rohdiamanten bezeichnet und dabei die Worte »ungeschliffen« oder »abschleifen«, die Carla unwillkürlich in den Sinn gekommen waren, vermieden. Jetzt also Heckenstutzen.

Gehrcke zieht ein Taschentuch aus seiner Hosentasche, etwas fällt dabei auf den Boden, er hebt es auf und legt es auf den Tisch. Ein Feuerzeug, rot mit silbernen Sprenkeln.

»Kannst es haben, ist sowieso ein Mädchen-Feuerzeug«, sagt er zu Carla mit dieser fein abgestimmten Ironie, die in der Schwebe hält, worauf sie sich eigentlich bezieht.

Er wischt sich mit dem Taschentuch über die Stirn. »Hab vor drei Wochen das Rauchen aufgehört. Ich sag euch, es ist hart.«

Er fragt Mike nach dem Marathonlauf, für den dieser trainiert. Mike antwortet, Carla hört nicht hin und verachtet ihn dafür, mit Gehrcke zu plaudern auf diese joviale Art, als hätte er sie beide nicht über den Tisch gezogen mit seiner Mischung aus Nonchalance und einer Macht, die er gar nicht auszusprechen braucht.

»Super, dass wir so gut durchgekommen sind«, sagt Gehrcke wie zur Antwort auf ihre Gedanken. »Ich muss bald los. Hoffentlich schneit's nicht.« Seine Tochter habe heute Abend Schultheater-Aufführung. Pippi Langstrumpf.

Er lächelt unvermittelt, fast kindlich, und sagt: »Ich zeig euch was.« Nimmt sein Smartphone – »hab's gleich« – und hält es ihnen hin. Ein Foto. Ein Mädchen, vielleicht neun, zehn Jahre alt, zwei winzige grau-weiß getigerte Katzen auf dem Schoß. Das Mädchen strahlt. Gehrcke strahlt.

»Meine Frau flucht«, sagt er, »aber was soll ich machen? Anne liebt Katzen.« Ein liebender Vater, denkt Carla. Bestimmt ein richtiger Teddy, gutmütig und sanft.

»Der hat's drauf«, sagt Mike in seltsam traurigem Ton, als Gehrcke abgefahren ist. Carla wird sie nie verstehen, diese Bewunderung, die Männer für Männer aufbringen, die sich wie Arschlöcher verhalten. Auf dem Weg in ihr Büro sieht sie das Feuerzeug auf dem Tisch vor der Kantine, Gehrcke hat es liegenlassen, das »Mädchenfeuerzeug«, sein Aftershave ist noch immer in der Luft.

Sie setzt sich an ihren Schreibtisch und versucht zu planen, wie sie das Unmögliche möglich machen bis zum 20. März. Und als ob dieser Termin und die sieben Punkte auf dem Flipchart nicht schon genug wären, ist da – sie muss es sich eingestehen – ein weiteres Problem:

Mike. Er ist langsam und macht Fehler in letzter Zeit. Weswegen seine Duckmäuserei gegenüber Gehrcke und dieses Marathon-Gerede sie noch mehr auf die Palme gebracht hat.

Als sie geht, ist es stockdunkel, der Parkplatz fast leer. Sie denkt an die Theateraufführung von Gehrckes Tochter, und eine unbändige Wut kocht in ihr hoch. Sie greift in den Schnee, der schmutzig und hart ist, formt Schneebälle und schmeißt sie gegen die Fassade, und weil das nicht genug ist, macht sie mit Steinen weiter.

Sie stellt sich Gehrckes Tochter als Pippi Langstrumpf vor: Zwei mal drei macht vier, und: Ich mach mir die Welt widdewidde wie sie mir gefällt.

Die Kälte tut weh und tut gut. Irgendwann ist es genug, sie fährt nach Hause, geht zum Kühlschrank und greift nach der Flasche Wein, lässt es dann aber bleiben, macht Tee und wärmt sich die klammen Finger an der Tasse, und urplötzlich steht diese Frage im Raum, wo Mike abgeblieben ist.

Das Fenster zu seinem Büro war dunkel, doch er hat sich nicht verabschiedet und sie hat nicht gesehen, wie er die Firma verlassen hat. Sie sieht ihn an den Tagen, an denen sie beide im Büro sind, immer durch die angelehnte Tür, es entgeht ihr fast nie.

Sie weiß selbst nicht, warum sie so viel daraus macht. Sie steht auf und läuft im Wohnzimmer auf und ab, von einer Unruhe getrieben.

Es ist aber nichts weiter passiert. Nur dass Mike heute den anderen Weg genommen hat, vorbei an der Kantine und den Stehtischen. Er ist zu seinem Auto gegangen und losgefahren. Am Wald ist er in den Weg abgebogen und hat an dem kleinen Parkplatz gehalten, dem Beginn seiner Laufstrecke. Dort blieb er. Blieb im Auto sitzen, bis es Nacht war.

Jetzt steht sein Wagen wieder auf dem Firmengelände.

Er kann Carlas Wut an der Fassade ablesen, an den braunen Schlieren, die ihre Schneebälle hinterlassen haben, und den Einkerbungen dort, wo die zwei größeren Steine aufgeschlagen sind.

Er kann nicht wissen, dass sie es war. Er weiß es. Er weiß, wie ihre Finger geschmerzt haben müssen von der Kälte, als sie wieder und wieder in den harschen Schnee und schließlich zu den Steinen gegriffen hat.

Er weiß natürlich ebenfalls, dass ihre Wut auch ihm gilt. Vielleicht vor allem ihm. Seiner Feigheit.

Was Carla nicht weiß: dass er mit dem Laufen längst aufgehört hat, vor Monaten schon. Von wegen Marathon. Dass er es morgens kaum schafft, aus dem Auto zu steigen. Dass er abends oft stundenlang sitzenbleibt, bis er sich endlich aufraffen kann, in seine Wohnung zu gehen.

Er sieht die Tage aufziehen, die Tage bis zum Zwanzigsten. Ihm ist klar, was das bedeutet: Sie werden ihm auf die Schliche kommen.

Er kriegt so gut wie nichts mehr zustande.

Er hat es mit Coaching versucht, Stressabbau, er muss

an sich arbeiten, das richtige Mindset. Entdecke das Glück des Handelns und so weiter.

Carla wird es als Erste merken, hat es vielleicht schon gemerkt, auch wenn sie nie was gesagt hat. Sie wird ihn noch eine Weile in Schutz nehmen, vielleicht sogar, so lange sie kann.

Aber selbst wenn ein Wunder geschieht und er den Zwanzigsten übersteht, selbst wenn Carla es schafft, den Kunden zu überzeugen, ja, selbst wenn sie es schafft, ihn, Mike, so lange durchzuschleppen, bis sie den gesamten Shift von der alten in die neue Software durchgezogen haben: Dann wird der Lohn, der auf sie wartet, ihn zur Strecke bringen.

Ab dann nämlich werden sie so arbeiten wie in allen anderen Projekten, und das bedeutet: agil, und das bedeutet: Liefertermine alle 14 Tage, tägliche Meetings, zu denen sich jederzeit der Kunde zuschalten kann, ebenso natürlich Gehrcke und andere Entscheider aus dem Mutterkonzern. Schnell, schlank, transparent. Spätestens dann wird er durchsichtig sein wie Glas, und seine Lähmung, seine totale Unfähigkeit wird offen zu Tage treten.

Er starrt auf die Löcher, die Carlas Steine in den Putz geschlagen haben.

Das Erstaunliche (oder das Beängstigende, wenn es ihm gelänge, irgendetwas zu fühlen): dass er sich durchaus vorstellen kann, etwas zu tun. Zu handeln.

Er stellt es sich sogar leicht vor. Erschreckend leicht. Warum erschrickt er nicht?

Er sieht die Listenpunkte eins bis sieben, die Kalenderblätter bis zum Zwanzigsten. Die rote Linie, die über den Tag gespannt ist.

Ja, denkt er, da müsste schon mehr geschehen. Mehr als Einkerbungen auf einer Fassade.

Da müsste einer aussteigen, zum Kofferraum gehen und den Reservekanister herausnehmen, der natürlich gefüllt ist, weil einer wie er immer auf Nummer Sicher geht.

Da müsste einer zur Pforte gehen, die Karte an den Kartenleser halten, bis die Tür aufspringt. Und er müsste natürlich wissen, wo der günstigste Platz ist. Wundersamerweise nämlich fast direkt unter dem Besprechungsraum, in dem sie heute saßen. Luftschacht, wie ein Kamin. Unter dem Raum, in dem noch immer die Liste auf dem Flipchart steht. Kann sein, dass morgen die Fenster schwarze Löcher sind, Schwärze sich auch über die Fassade zieht und ein beißender Geruch in der Luft liegt.

Er stellt es sich leichter vor, als irgendetwas anderes zu tun, sogar als nichts zu tun. Als brauche es keinen Funken Mut dafür.

Er zündet sich noch eine Zigarette an und betrachtet es in seiner Hand, das Feuerzeug, das Gehrcke hinterlassen hat. Rot mit silbernen Sprenkeln.

AUFLÖSUNG

Seit wann heißt mein Vater Pop? Seit 1989, da bekam Johanna Englisch in der Schule. Sie lernte schnell. Ich war zehn und musste noch warten, poor little boy, und wenn Johanna mich ärgern wollte, sprach sie Englisch mit unseren Eltern. Ich hasste sie dafür. Aber der Name Pop gefiel mir gut.

Pop war nicht da, als er seinen neuen Namen bekam. Er war in Frankreich und telefonierte jeden Abend mit uns. Er macht Karriere, sagte Mutter und rief in den Hörer, was er mitbringen sollte, Gänseleberpastete und Wein und Schaumbäder mit Lavendelduft.

Ich muss Pops Wohnung auflösen. Er ist seit drei Wochen im Pflegeheim, alles läuft mehr oder weniger gut. An den Sonntagen besuche ich ihn, und jedes Mal haste ich die Stufen zu seinem Flur hinauf, als müsste ich eine Zeit einhalten. Ich habe Angst, dass er mich nicht mehr erkennt.

Jetzt sitze ich in seinem früheren Wohnzimmer, auf Pops Stuhl vor seinem Sekretär, und weiß nicht mehr weiter.

Wie kann man so viel aufheben? Pops Wohnung ist wie ein Kosmos, eine Arche Noah der Dinge und Sächelchen. Staub hat sich auf die Bilderrahmen gelegt, die Fotos machen mich ganz liebeskrank, ich hab Heimweh nach der Kindheit. Wirf weg!, ruft Johanna ins Telefon, wenn ich sie abends anrufe mit meiner Liste in der Hand: Mutters Nähkasten, die Trompete von Onkel Jonas … Wirf weg, sagt Johanna, du bist so sentimental wie er, aber ich schaffe es nicht. Mach es nach Gefühl, hat Pop immer gesagt, und ich packe alles in Kisten. Als könnte ich festhalten, was verloren gegangen ist.

Wenn Pop aus Frankreich zurückkam, stieg er die Stufen lautlos hinauf und stand auf einmal in der Tür, von innen strahlend und mit Geschenken im Arm, damals.

In dieser Wohnung hat Pop mich zusammengebrüllt, vor zwei Monaten. Mein leiser Vater, und wenn Johanna nicht gewesen wäre, hätte ich diesen Wahnsinn noch länger mitgemacht. Aber Johanna kam und schickte mich mit Pop zum Arzt und sah sich Pflegeheime an und fand einen Platz für ihn. Dann flog sie zurück nach Amerika, meine tatkräftige Schwester, die Mutters Augen hat, aber so ganz anders ist als sie.

Seitdem telefonieren wir fast jeden Abend. Johannas Stimme klingt angestrengt, die deutsche Sprache ist nicht mehr die ihre. Manchmal wirft sie englische Brocken ein, überhaupt sind wir ungeübt darin, miteinander zu sprechen. Ich hab mich erkundigt, sagt sie.

Das Brüllen sei normal, das gebe es öfter. Weil Pop spüre, wie ihm alles entgleite, slipping away, you know, seine Erinnerung ihm wegbricht Stück für Stück und er immer weniger kann, sogar das Schuhebinden ist manchmal ein Problem, und dass die Welt so böse und heimtückisch wird, sich verschleiert und in Rätseln spricht.

Manchmal hörten die Angehörigen dann Vorwürfe, sagt meine Schwester, sie würden denjenigen bestehlen oder belügen. Als seien sie es, die die Welt aus den Angeln heben. Das sei ganz natürlich, es sei eben alles sehr verstörend, sagt sie. Wem sagst du das, denke ich.

Das Brüllen sei aber meist nur eine Phase, das gehe vorüber. Damit scheint sie recht zu haben. Pop hat das Rechnen inzwischen verlernt, doch dieser Zorn, der ihn so fremd machte, hat ihn verlassen, und ich erkenne ihn wieder. Wie lange noch wird er mich erkennen?

Du musst vernünftig sein, sagt meine vernünftige Schwester, du musst lernen, damit umzugehen. Meinen Namen solle ich sagen, ich bin Christian, Chris-ti-an, dein Sohn.

Und wenn er nach Mutter fragt?

Dann zeig ihm das Grab, sagt Johanna, unwirsch wie immer, wenn es um Mutter geht.

Jetzt sitze ich hier, in Pops Wohnzimmer, auf seinem Stuhl vor seinem Sekretär, und weiß nicht mehr weiter. Ich hätte die Schublade nie öffnen sollen, und ganz gewiss nicht hätte ich die Briefe herausnehmen dürfen. Briefe aus Frankreich, die Adresse in schön geschwungener Schrift und einige Poststempel lesbar, zum Beispiel dieser vom 30.12.1989, da war ich gerade Elf geworden, und Pop kam aus Frankreich zurück, strahlend, er hatte Geschenke im Arm, und Mutter lachte ihr sattes, tief anrollendes Lachen. Mutter.

Zu ihrer Beerdigung vor drei Jahren zog Pop seine glänzenden Tanzschuhe an, ein weißes Taschentuch steckte in seiner Brusttasche. Damals dachten wir, es ist die Trauer, die ihn so durcheinanderbringt. Tanzschuhe zur Beerdigung. In Wahrheit hatte es da schon begonnen, slipping away, Mutter war fort und die Welt entglitt ihm schneller und schneller.

Wenn es um Mutter geht, geraten wir immer in Streit, Johanna und ich. Dann ist es, als seien wir auf zwei einander ähnelnden Planeten aufgewachsen: die gleichen Hügel und Täler, aber verschiedene Farben, ihr Planet grün, meiner blau. Weißt du nicht mehr?, sagt sie dann. Weißt du nicht mehr?, entgegne ich. Aber auch Johanna weiß nichts von den französischen Briefen, da bin ich mir sicher.

Ich sollte sie wieder zurücklegen. Sie gehören Pop, sie gehen mich nichts an. Ganz gewiss sollte ich nicht das oberste Kuvert nehmen, auf Pops Stuhl sitzend, vor seinem Sekretär, Poststempel 30.12.89, und das Papier herausnehmen, zwei gefaltete Blätter, hellgrau, mit blauer Tinte beschrieben in geschwungener Schrift und unterschrieben mit nichts weiter als einem geschwungenen S. Ein Brief vom Winter 89, Pop kam aus Frankreich zurück mit Geschenken im Arm, stand in der Tür, Mutter lachte ihr tief anrollendes Lachen, aus Vaters Päckchen strömte Lavendelduft.

Nichts war genug, sagt Johanna, wenn wir von Mutter sprechen. Weißt du nicht mehr, wie sie ins Telefon rief, vier-, fünfmal am gleichen Tag, es fiel ihr ja immer noch etwas ein, Heinz, die Pastete vom letzten Mal, nicht die mit der blauen Schrift, Heinz, denk an den Wein, Heinz, auf dem Weg vom Flughafen, wir brauchen dringend, Heinz, komm schnell nach Hause, halt mich fest, Heinz!

Heinz war Pop, und Pop kaufte Pastete und schleppte Wein und fuhr abends noch einmal fort, um zu holen, was dringend gebraucht wurde, und kam eilends wieder zurück. Aber weißt du nicht mehr, wende ich ein, Mutters Lachen, ihr tief anrollendes Lachen? Unsere schöne Mutter, und dass man gar nicht anders konnte als sie zu lieben? Weißt du nicht mehr?, erwidert Johanna, und wir werfen uns gegenseitig unsere Erinnerungen an den Kopf, bis wir ganz ratlos sind und verstummen. Weißt du nicht mehr, will ich sagen, wie du vor dem Spiegel standest in Mutters Kleidern? Aber ich sage es nicht, das ist ein Geheimnis. Welches Geheimnis lauert in den französischen Briefen?

Ich will das nicht wissen. Schlimm genug, dass Johannas und meine Erinnerungen weiter und weiter auseinanderdriften und Pops Erinnerungen schwinden jeden Tag. Bald schon wird er mich nicht mehr erkennen. Bin ich dann noch sein Sohn? Und wird er dann immer noch den Namen wissen, der sich hinter einem geschwungenen S und neunzehn Jahren dazwischen geschobener Zeit verbirgt?

Ich stecke die Blätter ins Kuvert zurück, werfe die Briefe in die Schublade, die ich schließen will und nie mehr öffnen, aber sie blockiert, etwas ist unter den Briefen hervorgerutscht und klemmt jetzt zwischen den Schüben, etwas Hartes, und als ich es herunterdrücke und die Schublade mit einem Ruck herausziehe, fällt es mir entgegen. Etwas Vertrautes, das ich jetzt wiedererkenne nach all den Jahren. Eine Musikkassette, EF & LA steht darauf. Das ist kein Geheimnis, ich weiß, was das heißt, Ella Fitzgerald und Louis Armstrong, und wir schreiben das Jahr 1989, da bin ich gerade Elf geworden, und Pop war wieder einmal aus Frankreich zurück. Ich weiß, es war nach Frankreich, und nicht sehr lange danach.

Christian, hör dir das an, sagt Pop fast flüsternd, als würde er mir gleich ein Geheimnis anvertrauen. Dann legt er diese Kassette ein und spult vor und startet und spult wieder ein Stück zurück, und dann spielt er mir Summertime vor, Summertime and the living is easy.

Sommer, sagt er, sie singt vom Sommer, die Baumwolle steht schon hoch auf den Feldern, es ist heiß und die Fische schnappen nach Fliegen. Ich sitze auf dem Sofa und blicke zu Pop hinüber, der vor dem Kassettenrekorder kniet. Er sieht aus dem Fenster und hat glänzende Augen. Dann steht er auf, geht auf mich zu und nimmt meine Hände. Eins, zwei, tipp, eins, zwei, tipp …

Foxtrott, sagt er, da kann man Foxtrott tanzen, und ich lerne Foxtrott zu Summertime, den langsamsten Foxtrott der Welt, und über dem Lied und dem Tanzen vergesse ich den Winter und das Vermissen, ich vergesse den Schatten in Mutters Augen, wenn Pop wieder fort ist, und die Leere in Pops Augen, wenn er lange nicht mehr in Frankreich war. Pop und ich hören das Lied immer wieder, wenn wir allein sind. Er übersetzt mir den Text und spielt es nur für uns beide, es ist unser Geheimnis.

Was hat unser Lied in einem Stoß französischer Briefe zu suchen? Was ist das für ein neuer, fremder Zusammenhang?

Von Pops Stuhl stehe ich so hastig auf, dass er nach hinten kippt und dumpf auf dem Teppichboden aufschlägt. Ich nehme die Briefe und renne damit zur Tür, die Treppe hinunter in den Hof zu den Mülltonnen, werfe die Briefe hinein, doch bevor ich den Deckel schließen kann, fällt mein Blick wieder auf den Poststempel, 30.12.89. Es war die Zeit, als Onkel Jonas mir die Trompete schenkte und Mutter lachte bei meinen ersten Tönen, als Pop aus Frankreich zurückkam und Mutter umarmte so fest, als sei es das letzte Mal. Und das ist seit heute Morgen also auch die Zeit, in der Pop Briefe aus Frankreich von S bekam, und mir zerbricht die Erinnerung wie ein Spiegel, ich bringe nichts mehr zusammen. Eine Wut packt mich, dass mir die Tränen übers Gesicht laufen, so kommst du mir nicht davon, slipping away, du kannst dich nicht einfach fortstehlen und mich allein lassen mit all dem!

Ich kann die Schrift von S kaum lesen, und mein Französisch ist sehr schlecht. Inmitten von schön geschwungenem Unverständlichen lese ich *Repose-toi*, ruh dich aus, und ich frage mich unvermittelt, ob ich meine Mutter je etwas Derartiges zu meinem Vater habe sagen hören. Und auf einmal bekommt S ein Bild, das mir wehtut, das Bild einer Person, bei der man sich ausruhen kann von einem Menschen wie meiner Mutter. Meiner Mutter, die so schön und so einnehmend war, dass man gar nicht anders konnte als sie zu lieben, die man immerzu auf Samt betten, immerzu beschützen musste, vor der Welt, vor sich selbst. Ist es so gewesen, Pop?

All die offenen Fragen, und ich merke, dass ich zu laufen begonnen habe, ich laufe und laufe, ich renne durch die Stadt, weißt du nicht mehr, ruft Johanna, mach es nach Gefühl, sagt Pop, Mutter lacht ihr tief anrollendes Lachen, weißt du nicht mehr, hast du vergessen, halt mich fest, Heinz, ist es so gewesen, Pop? Ich erreiche das Heim und haste die Stufen zu seinem Zimmer hinauf, als müsste ich eine Zeit einhalten.

Er sitzt am Fenster und sieht mich mit fremden Augen an.

Hallo Pop, sage ich, aber ich höre mich kaum, und er scheint mich auch nicht zu hören. Meine rechte Hand schmerzt, so fest halte ich einen Gegenstand umklammert, den ich jetzt anstarre, als sähe ich ihn zum ersten Mal.

Pop sieht gar nicht hin, als ich zum Tisch gehe und die Kassette in den Rekorder lege, er blickt weiter zur Tür, als würde ich immer noch dort stehen, keuchend und mit einem Geschenk in der Hand. Ich spule vor und zurück und wieder ein Stück vor, und dann kommt Summertime.

Sommer, hat Pop damals gesagt, sie singt vom Sommer, es ist heiß und die Fische schnappen nach Fliegen.

Etwas flackert in seinen Augen auf, er öffnet den Mund und schließt ihn wieder. Plötzlich erhebt er sich und streckt mir die Hand hin, ohne mich anzusehen.

Er versucht, etwas zu sagen, doch es kommt nur ein Zischen heraus. Dann sieht er mich doch an, kurz und ganz erstaunt, als ob er mich kennen würde und nicht mehr wüsste, woher.

Einen Augenblick denke ich an Johanna, meine vernünftige Schwester, sag Chris-ti-an, sag: Ich bin dein Sohn! Aber Pop und ich, wir machen es, wie wir es immer gemacht haben: nach Gefühl. Ich nehme seine Hand, und wir tanzen einen sehr langsamen Foxtrott.

Mein Vater führt mich mit sicherem Schritt. Etwas in meinem Hals schnürt sich zusammen, aber es ist Sommer, es ist heiß und die Fische schnappen nach Fliegen.

Dass du noch tanzen kannst, Pop! Ich spüre die Hitze des Sommers in meinem Nacken, und da gluckst er auf einmal auf: Tanzen! Das vergisst man doch nicht.

Woher diese Enge im Hals? Dieses Ziehen oberhalb des Magens? Mit wem spricht er jetzt?, frage ich mich.

Nein, erwidere ich. Das vergisst man nicht.

Die Luft flirrt und die Baumwolle leuchtet weiß vor dem blauen Himmel. Das Leben ist leicht, und es ist heiß. Es ist Sommer.

Mein Vater, leichthin: Pop hast du mich früher aber nicht genannt.

Ein neuer Name, Pop. Ein neuer Name.

GESICHTER

Es gibt inzwischen beinahe so viele Versionen, wie es Zeugen gegeben hat. Manche behaupten, sie hätten einen Knall gehört, eine Art Startschuss. Andere schreiben dem Maskottchen der Heimmannschaft, einem blauen Kater, der Tense genannt wird, eine Rolle zu. Wie ein Orchesterdirigent soll er mit beiden Händen den Takt vorgegeben haben. Nichts davon kann ich bestätigen, und nichts hat sich erhärtet.

Es war Zufall, dass ich überhaupt dort war und alles von meinem Tribünenplatz aus beobachtete, mit bester Sicht aufs Spielfeld und auch auf den VIP-Bereich. Diese VIP-Plätze lagen direkt unter uns und erstreckten sich an einer Seite des Spielfeldrands entlang. Ich sah es also sozusagen auf mich zukommen, nur wenige Meter von oben, hautnah und geschützt zugleich.

Das Spiel verstand ich nicht. Ich war mit einem Bekannten dort, dessen Frau verhindert war. Die hörbaren Rufe der Spieler und der glänzende Schweiß auf ihren Körpern überraschten mich. Ich hatte es mir entrückter vorgestellt. Dabei ist die Arena, wie sie genannt wird, nicht besonders groß, wenn auch die größte im Umland mit gut zweitausend Plätzen.

Ich weiß noch, über die Cheerleader mokierte ich mich. Mir war nicht klar gewesen, dass es so etwas noch gab, geschweige denn in unserer kleinen Stadt. In den Unterbrechungen, die einem mir unklaren Rhythmus folgten – Auszeit, Viertelpause, erklärte mir mein Bekannter –, rannten die Mädchen aufs Feld, reckten die Arme hoch und schüttelten die glimmernden Pompons, schwenkten ihre Hüften, die dick geschminkten Gesichter strahlend, befremdlich routiniert. Und es war vielleicht ihr vierter oder fünfter Auftritt gegen Ende des Spiels, das dann abgebrochen wurde.

Was ich bezeugen kann: Die Mädchen tänzelten nebeneinander in einer Reihe nach vorn, auf die VIP-Plätze zu, nur dass sie diesmal erst direkt vor den auf ihren Stühlen sitzenden Honoratioren stoppten. Dann beugten sie sich alle gleichzeitig vor, neigten ihnen ihre Dekolletés entgegen (ich glaube mich an ein ungehaltenes Raunen um mich herum zu erinnern) und schlugen zu.

Schlugen auf, sollte ich sagen. Sie schlugen in einer synchronen Aufwärtsbewegung von unten gegen das Kinn, sodass die Köpfe der Sitzenden nach hinten geschleudert wurden. Von der Tribüne aus sah ich in das schockierte Gesicht des zweiten Bürgermeisters, der irritierend langsam mit dem Stuhl nach hinten kippte und aus meinem Blickfeld verschwand. Andere waren aufgesprungen, und die Mädchen griffen nach den jetzt leeren Stühlen und droschen damit auf die Stehenden, Liegenden und Sitzenden ein.

Es dauerte quälend lang – oder jedenfalls kam es mir so vor –, bis das Geschehen in etwas zurückrastete, das Regeln folgte. Sanitäter führten oder trugen Verwundete aus der Halle. Uniformierte strömten herein. Die Mädchen müssen abgeführt worden sein, während ich noch mit den Händen vorm Gesicht dasaß, als könnte ich das Gesehene noch ungesehen machen. Als wir die Halle endlich verlassen konnten, sahen wir blutige Fußabdrücke, die sich durch den Vorraum zogen.

Aber das Blut war nicht das Schlimmste. Auch nicht der Anblick der Verletzten.

Das Schlimmste war, dass sich die Mienen der Mädchen nicht geändert hatten. Sie schlugen und strahlten, strahlten und schlugen, jede für sich und alle zugleich, eine irre Choreografie vollstreckend.

Es folgte das übliche Prozedere. Verhöre, Anklagen. Nicht viel dringt nach außen, das Wenige sind Verneinungen. Nein, kein Hinweis auf einen Plan oder eine Anführerschaft. Drogenmissbrauch, Missbrauch überhaupt, Sekte, politischer Anschlag, ein männlicher Wille, der hinter allem steht: Die Spekulationen blühen und welken. Alles wäre uns lieber.

Aber alles fällt immer und immer wieder zurück auf die strahlenden Gesichter der Mädchen, die auch während der Befragungen, ja Beschwörungen ununterbrochen gelächelt haben sollen. Da ist nichts.

Nichts, das uns beruhigen könnte.

FUND

Sie träumte noch oft von der Station. Sie stand in der Schleuse und hörte die Alarme, versuchte sich den Schutzkittel anzuziehen, verhedderte sich im Ärmel, schaffte es einfach nicht. Sie schaffte es nicht.

Einmal stand Herr Talkin vor ihr, in einem Mantel, der ihm zu groß war und dessen Saum wie eine Schleppe hinter ihm lag. Weiße Röhrchen ragten ihm aus der Nase. Er sah sie vorwurfsvoll an, weil sie nicht selbst darauf gekommen war. Sie waren alles, was er brauchte. Die ganze Schinderei, weil sie nicht an die Röhrchen gedacht hatte.

Während also die Toten nachts zu ihr kamen, glaubte sie im Herbst zwei Mal kurz hintereinander, auf der Straße einen ehemaligen Patienten wiederzuerkennen. »Ein Heilungsprozess«, vermutete Marvin. »Wovon soll ich denn heilen?«, fragte Leonie dann. »Ich war nicht krank. Ich habe Glück gehabt.«

Er sagte auch: »Du warst früher nicht so.«

Und zwar, weil sie ihm antwortete, eines Abends, als er nach Hause kam und wieder einmal über die Akquise-Abteilung schimpfte, die den Kunden das Blaue vom Himmel versprach, was sie in der Entwicklungsabteilung dann ausbaden mussten: »Bei euch stirbt wenigstens keiner.«

Du warst früher nicht so.

»Aber es stimmt doch.«

»Trotzdem. Du warst nicht so … zynisch.«

Sie ärgerte sich darüber, gerade weil sie es selbst spürte. Da war immer noch Verbitterung. Eine Art kalter Zorn. Er rumorte in ihr von Zeit zu Zeit, während sie sich zugleich voller Energie in ihre neue Existenz stürzte, und ja, auch voller Überzeugung. Es war doch alles gut jetzt.

Die Frau, von der sie dann im Frühjahr angesprochen wurde, auf der Tauffeier von Neles zweitem Kind, war Leonie vollkommen fremd. Der ganze Nachmittag war später in eigenartiges Licht getaucht, überscharf und nebulös zugleich. Was natürlich nicht nur an der Frau lag.

Leonie hatte befürchtet, die Feier könnte quälend werden, da sie allein gekommen war (Marvin war bei seinen Eltern) und sie kaum jemand von Neles und Philipps weitverzweigtem Verwandten- und Freundeskreis kannte. Aber Nele hatte sie an den »Onliner-Tisch« gesetzt: Sie hatte für die folgenden zwei Tage ein Bootcamp organisiert – unmittelbar nach der Taufe also, wie auch immer sie das schaffte, aber so war Nele – und einige ihrer engeren Soloselbständigen-Kollegen eingeladen, schon am Vortag anzureisen und an der Feier teilzunehmen.

Einige von ihnen hatte Leonie online schon kennengelernt. Sie freute sich darüber, wie selbstverständlich sie in diesen Kreis aufgenommen wurde, auch wenn für sie noch immer alles ziemlich neu war. Ihr Tischnachbar, Finn, bot ihr an, Werbung für ihr Online-Coaching zu machen. Das war nach dem Mittagessen, als sich die ersten Gäste, ältere Verwandte von Nele und Philipp, schon verabschiedet hatten. Zwischendurch kam Nele vorbeigeweht und fragte, ob sie Dodo gesehen hätten. Dodo (eigentlich Dorian) war der sechsjährige Bruder des Täuflings, er hatte Neles Temperament und schloss vermutlich gerade draußen im Gastraum Freundschaften.

Leonie sah ihr nach, wie sie wieder davonwehte, ganz in ihrem Element, im Vorübergehen jemandem zuwinkte und den Festsaal durch die offene Doppeltür verließ. Im gleichen Moment betrat eine Frau den Saal, die Leonie vorhin an einem der Tische draußen gesehen hatte, ihre Blicke hatten einander gestreift, als sie von der Toilette zurückgekommen war. Die Frau sah sich suchend um und blickte dann in Leonies Richtung, die sich aber fast zeitgleich abwandte und wieder dem Gespräch am Tisch folgte (einer Diskussion darüber, ob man ein Online-Business ohne Social Media betreiben konnte), und erst als die Frau direkt vor ihr stand und sie ansprach, begriff Leonie, dass sie wegen ihr hereingekommen war.

»Wir kennen uns.«

Leonie verband nichts mit ihrem Gesicht. Sie hatte eigentlich ein gutes Gedächtnis für Menschen.

Die Frau nannte den Namen des Krankenhauses, und dann, in einem einzigen, leisen Redefluss: »Siebter April 2020. Nein, das können Sie nicht wissen, ich war ja erst auf der Normalstation. Entschuldigen Sie, die Daten sind eingebrannt in meinem Kopf. Siebter April Klinikaufnahme, neunter April Verlegung auf die Intensivstation.

Ab da weiß ich fast nur, was meine Nichte für mich notiert hat.«

Trotz ihrer leisen Stimme war das Gespräch am Tisch verstummt. Alle hörten ihr aufmerksam zu.

»Sie haben mich aus dem Koma geholt«, sagte sie. Und dann in die Runde: »Sie war mein guter Engel.«

»Wow, das ist ja ein Wiedersehen«, sagte Finn.

Leonie spürte die Erwartung der Frau, und auch die der Zuhörer am Tisch. Sie wusste selbst nicht, warum sie so perplex war, perplex und seltsam beschämt.

»Leonie Uhl?«, sagte die Frau verunsichert.

»Doch, das bin ich.«

»Bitte entschuldigen Sie, es ist wirklich zu viel verlangt. So lange her inzwischen, und das war ja erst der Anfang damals. Wie geht es Susann? Geht es allen gut auf der Station?«

»Ich bin nicht mehr dort.«

»Ach, schade.« Die Frau sah sie an, als warte sie auf Erklärungen. Doch dann, als Leonie antworten wollte, wenn auch widerstrebend, sagte sie: »Sie haben mir vom Schilf erzählt. Ein Mann steht im Wasser und angelt. Hinter dem Schilf geht die Sonne auf.«

»Schilf?«

»Ich habe Sie gehört«, sagte die Frau.

»Vielleicht war das Susann.«

Die Frau wirkte plötzlich unglücklich, fast verletzt.

»Es war Ihre Stimme. Sie haben mit mir gesprochen.«

Leonie bestätigte, dass sie ganz sicher mit ihr gesprochen hatte, auch während sie intubiert beatmet worden war. Sie alle hatten es getan. Aber mit Schilf und einem Mann, der angelte, verband sie nichts. Eine Urlaubserinnerung? Wenn, dann hatte sie sie inzwischen vergessen. Oder die Frau hatte es geträumt oder später, im Delir, verwandelt oder darüber fantasiert.

Die Frau schwieg, und Leonie begriff, dass es zentral war. Das ganze Wiedersehen und was es sie gekostet hatte, diesen Raum einer geschlossenen Gesellschaft zu durchqueren und sie anzusprechen in Gegenwart der anderen Festgäste am Tisch, hatte diesen Zielpunkt gehabt: die Geschichte vom Schilf. Sie war sichtlich enttäuscht, dass sie ihr elementares Erlebnis nicht mit Leonie teilen konnte. Sie hatte nur diese eine Zeugin für das, was sie gehört hatte. Nur diese eine.

»Es ist wunderbar, dass es Ihnen wieder so gut geht«, sagte Leonie versöhnlich.

»Ja, das ist es«, erwiderte die Frau und lächelte, doch es wirkte angestrengt.

Irgendetwas ging vor. In den Raum war Bewegung gekommen, die vom Eingang ausging und sich von Tisch zu Tisch fortpflanzte. Ein Ernst, eine Schwere lag in den Stimmen.

Finn, der offenbar nach draußen gegangen war, ohne dass Leonie es bemerkt hatte, kam zurück.

»Was ist denn passiert?«

»Neles Sohn ist verschwunden«, sagte er.

»Dodo?«

»Ein paar sind schon rausgegangen und suchen. Nele ist völlig aufgelöst.«

»Ist sie draußen?«

»Im Hotelfoyer.«

Leonie erhob sich. Die Frau stand noch immer da, wirkte verloren jetzt.

»Ich seh mal nach meiner Freundin«, sagte Leonie.

»Natürlich.« Sie ging vor Leonie nach draußen und winkte ihr zum Abschied mit einer flüchtigen Handbewegung zu, eine kleine, verlegene Geste.

Ich hätte es auf sich beruhen lassen sollen, dachte Leonie. Es war ihr so wichtig.

*

Es war Nele gewesen, die ihr empfohlen hatte, sich mit dem Online-Coaching selbständig zu machen. Sie war es auch, die ihr den Kurs geschenkt hatte. So war Nele. Sie verdiente viel und gab viel. »Das ist auch ein Care-Beruf«, sagte sie.

Leonie war in ein Loch gefallen, nachdem sie in der Klinik gekündigt hatte. Kurz nachdem sie den Vertrag bei einem ambulanten Pflegedienst unterschrieben hatte, war sie schon nicht mehr sicher gewesen, ob es das Richtige war, und dann hatte sie mit unbezahltem Urlaub anfangen müssen, weil sie noch immer vollkommen erschöpft war und nichts mehr ging. Der Pflegedienst hatte kurz darauf zugemacht wegen Personalmangel. Sie nahm eine Halbtagsstelle im Gesundheitsamt an, eine Mutterschaftsvertretung, um Zeit zu gewinnen.

Nebenbei reaktivierte sie ihren Blog, den sie vor Jahren begonnen hatte, zunächst nur so, weil es ihr Freude machte. Dann entschied sie sich für das Fernstudium zur Ernährungsberaterin.

Den Videokurs, den Nele ihr geschenkt hatte, sah sie sich in der Zeit an, in der »ihr Heilungsprozess« begann, wie Marvin es nannte. Hinterher musste sie sich eingestehen, dass sie Vorbehalte gehabt hatte. Der Kurs hieß »Online-Business mit Erfolg und Herz«. Trotz des Zusatzes dachte sie an Abzocke. Sie konnte sich die hohen Honorare, die man verlangen sollte, nicht anders erklären.

Aber die Frau, die den Kurs hielt, wirkte tatsächlich herzlich. Sie betonte, wie wichtig es sei, vom Kunden her zu denken.

»Wie entsteht Wert in den Augen des Kunden?«

Sie beantwortete die Frage selbst: »Das Wichtigste natürlich: gute Qualität. Aber was heißt das?«

Sie sprach von der Transformation, die man dem Kunden in seinem Leben ermöglichte, und nannte verschiedene Beispiele. Von Beruf zu Berufung. Von energielos zu voller Power. Leonie machte sich Notizen. Das Kamerabild war hochprofessionell, ebenso die Präsentation. Das Gesicht der Frau blieb rechts oben eingeblendet, strahlend.

»Die zweite Komponente: Wirksamkeit. Wie hoch ist der Impact, den du im Leben des Kunden machst? Die Veränderung zum Guten?«

Leonie verspürte eine leichte Euphorie bei dem Gedanken, tatsächlich so ein Business aufzubauen. Alles in die eigenen Hände zu nehmen.

»Gut«, sagte die Frau. »Aber warum verdienen dann Krankenschwestern so wenig? Sie machen ja einen sehr hohen Impact im Leben der Menschen.«

Leonie sah von ihren Notizen auf.

»Nun: Die gibt's wie Sand am Meer. Es gibt sie einfach überall und in fast gleicher Ausprägung. Das ist die dritte Komponente: Seltenheitswert. Frag dich: Was macht dich in den Augen des Kunden besonders? Warum will er genau bei dir buchen und bei niemand anderem?«

»Aber es gibt zu wenige«, murmelte Leonie.

Sie war allein. Niemand hörte sie.

Die herzliche Frau erklärte jetzt, wie man den Preis für seine Angebote ermittelte. Leonie stoppte das Video.

Sie dachte an das Buch, das sie vor Jahren gelesen hatte, und dann dachte sie an Herrn Talkin, weil sie sich an dieses Buch schon einmal erinnert hatte: an dem Morgen, nachdem er gestorben war. Sie konnte sich weder an den Autor noch an den Titel erinnern, nicht einmal, in welcher Stadt es spielte, nur dass es unterhalb der Stadt noch eine zweite gab, von der kaum jemand derer, die in der Oberstadt wohnten, wusste. Aber wer einmal dort hineingeriet, konnte nicht mehr in sein bisheriges Leben zurückkehren. Er konnte sich dort oben noch immer bewegen, blieb aber für die Oberstädter unsichtbar, auch für diejenigen, die ihn gekannt hatten.

So hatte es sich damals angefühlt. Das Krankenhaus gehörte zur Unterstadt. Das Leben draußen – oben – war abgekoppelt davon.

So fühlte sie sich auch jetzt: Die freundliche Frau in dem Video gehörte zur Oberstadt.

Krankenschwestern wie Sand am Meer.

Es ändert nichts, wenn du hier sitzt und grübelst, sagte sie sich.

Sie überlegte, was ihr Seltenheitswert war.

*

Leonie blieb stehen und lauschte. Durch den Teppich aus Waldgeräuschen – Knacken, Wind, der durch Äste fuhr, Vogelstimmen – glaubte sie ein Rufen ausgemacht zu haben. War das Dodos Stimme?

Aber es kam nicht wieder, und je mehr Zeit verstrich, desto mehr zweifelte sie, ob sie wirklich etwas gehört oder so angestrengt auf das gewartet hatte, was hier abwesend war – eine Kinderstimme in all dem Naturgeraune –, dass ihr Geist ihr etwas vorgemacht und seine Stimme da hineinmontiert hatte. Ebenso wie vorhin, hinter einem Wasserspiel am Wegesrand, das Blau seines Pullovers zwischen den jungen Bäumen aufgeblitzt war. Beim Näherkommen hatte es sich auseinandergeschoben zu separaten Blau-Schnipseln, eine Farbmarkierung an einem der Schösslinge und eine Einkaufstüte, die weiter hinten zwischen den Zweigen hing und sich mit jedem Luftzug sacht bewegte.

Sie hatten sich aufgeteilt. An jeder Gabelung hatte einer von ihnen einen anderen Weg eingeschlagen. Zum Schluss waren nur Finn und sie übrig geblieben, doch dann tat sich oben im Wald eine weitere Gabelung auf. Der Wald war viel größer, als sie es von dieser Seite des Tals aus hatten sehen können.

Philipp, Dodos Vater, war schon weit unten vom Weg abgegangen, querfeldein, vielleicht weil er vermutete, dass Dodo sich nicht weit entfernt, aber auf befestigte Wege gepfiffen hatte. Nele war mit dem Baby im Gasthaus geblieben. Bevor sie losgegangen waren, hatten alle ihre Handynummern ausgetauscht. Wer Dodo fand, verständigte die anderen. Wenn sie ihn innerhalb einer Stunde nicht fanden, würde Nele die Polizei anrufen. So war es vereinbart.

Als Leonie ins Foyer gekommen war, hatte Nele ganz und gar nicht aufgelöst gewirkt, sondern weit ruhiger als Philipp. Sie war es, die die Suchaktion dirigierte und die Zeitspanne bestimmte: eine Stunde. Im Rahmen von einer Stunde war es ein Zwischenfall, wie er mit Kindern geschah, mit Dodo zumal, der vollkommen angstfrei durch die Welt lief, jeden ansprach, alles erkundete mit der beneidenswerten Gewissheit, überall gut aufgehoben zu sein und immer einen Weg zurückzufinden, und sei es mit Hilfe von gerade erst neu gewonnenen Freunden. Falls er sich im Wald verirrt hatte, würde er Wanderer fragen.

Nach einer Stunde war es ein Notfall.

Leonie rief Dodos Namen. Als sie noch zusammen gegangen waren, hatten sie es abwechselnd getan. Später hatten sich die Rufe der anderen nach und nach verloren, bis sie in die Waldgeräusche eingegangen waren. Weiter oben hatten Finn und sie ein Paar getroffen und nach dem Jungen gefragt. Seither war Leonie niemandem mehr begegnet.

»Dodo!«

Ihr wurde bewusst, dass sie nur pro forma nach ihm rief. Der Weg führte immer weiter nach oben. Sie bezweifelte, dass er sich so weit entfernt hatte.

Sie musste sich eingestehen, dass sie dankbar für das abrupte Ende gewesen war, das das Gespräch mit der ehemaligen Patientin genommen hatte. Früher hätte sie sich darüber gefreut.

Sie war mein guter Engel.

Die Wahrheit war, dass sie wütend war.

Die Wahrheit war, dass es sich noch immer wie Versagen anfühlte, dass sie den Dienst quittiert hatte. Und es war das, was sie so unversöhnlich machte. Die Frau war wie eine Botschafterin aus einem anderen Leben zu ihr gekommen, einem Leben, das sie doch gewollt und gewählt hatte. Nie hatte sie sich etwas anderes für sich vorstellen können.

Sie war mein guter Engel.

Sie dachte an Herrn Talkin, seine nächtliche Erscheinung im langen Mantel.

Er war bei Weitem nicht der erste Covid-Patient gewesen, den sie verloren hatte, aber der erste, den sie hatte aufgeben sehen.

Er baute sich die NIV-Maske immer wieder ab. Er

wollte auch nicht intubiert werden. Er wollte überhaupt nicht mehr.

Sie benachrichtigten seine Freundin und schleusten sie ein. Auch die Freundin konnte nichts tun, als diesen seinen Willen zu bezeugen. Sie drückte seine Hand durch zwei Lagen Hygienehandschuhe, bewundernswert gefasst.

Herr Talkin nickte seiner Freundin mit den Augenlidern zu. Er schenkte ihr diesen schmalen Abschied, ein Nicken mit den Augenlidern. Hinter ihm lagen zwei Wochen akute Atemnot, durch die er sich Zug um Zug gekämpft hatte bis zu diesem Punkt.

Er sah Leonie an, dann den Arzt und wieder Leonie, und nickte auch ihr auf diese Weise zu. Es war das endgültige Zeichen.

Leonie baute ihm die NIV-Maske ab und gab ihm eine normale Sauerstoffmaske.

Herr Talkin schloss die Augen. Die Freundin hielt weiter seine Hand.

Leonie hatte viele Erinnerungen, nicht nur aus dieser Zeit. Es war ein Speicher, der in ihr war und blieb. Sie hatte das Gefühl, auch dann damit angefüllt zu sein, wenn sie nicht daran dachte.

Wenn etwas aufstieg, spürte sie ein Ziehen in ihren Fingergelenken. Manchmal verfestigte es sich auch in ihrem Bauch. Es gab verschiedene Orte in ihr, die ihr signalisierten: Ja, so war es. Und auch das war. Und das.

Herr Talkin starb in der Nacht.

Nachdem er gestorben war, öffnete Leonie das Fenster. Die Freundin stand langsam auf. Leonie begleitete sie hinaus.

Sie kehrte zu Herrn Talkin zurück und befreite ihn von der Sauerstoffmaske, entfernte die Schläuche und reinigte ihn.

Während sie es tat, erzählte sie ihm, was sie ihm am Vortag hatte ausrichten sollen. Er hatte abgewunken, als bereite ihm auch Zuhören zu viel Anstrengung. Jetzt erzählte sie ihm von dem Bild, das sein Neffe von ihrem gemeinsamen Ausflug im Kletterpark gemalt hatte. Leonie war es gewohnt, mit Menschen zu sprechen, die sediert waren. Also sprach sie auch mit den Toten.

»Dodo!«

Sie zog ihr Handy heraus und sah auf die Uhr. Fast vierzig Minuten waren vergangen. Kein Anruf.

Dann bemerkte sie, dass sie keinen Empfang hatte. Sie ärgerte sich über sich selbst, weil sie das nicht früher überprüft hatte. Wer weiß, seit wann sie schon ohne Netz durch den Wald lief.

Sie erwog umzukehren. Auch wenn sie schneller lief, würde sie über eine halbe Stunde brauchen. Vielleicht war Dodo längst gefunden worden, und sie hatten sie nicht erreicht.

Sie drehte tatsächlich um, bog dann aber in einen schmaleren, unbefestigten Weg ein, der ihr vorhin aufgefallen war und der direkt nach unten führte. Selbst wenn sie weiter vorne im Ort herauskam, würde sie schneller sein, als wenn sie über den befestigten Wanderweg zurückging.

Zu den Erinnerungen der Nacht, in der Herr Talkin gestorben war, gehörte auch, dass ihr am Morgen, nach Dienstschluss, beim Einkaufen wieder der Mann aus ihrer Straße begegnet war. Immer wenn er sie sah, kam er auf sie zu (während die Nachbarin von oben ihr auswich).

»Wie ist es denn jetzt bei euch? Sind es wirklich so viele?«

»Drei Neuzugänge, zwei verstorben.«

Er wollte wissen, ob das großartig mehr sei als sonst. Großartig war ein Ausdruck, den er oft benutzte. Großartig mehr, großartig schlimm, es war ein erstaunlich wendiges Wort.

»Ich bin müde«, sagte sie. Wahrscheinlich wertete er das als Ausweichmanöver, aber es war ihr egal.

An dem Morgen hatte es begonnen: Es machte sie nicht mehr wütend. Die Müdigkeit lag wie ein Schmierfilm über allem. Es spielte keine Rolle, was sie erlebte, dieser Mann glaubte ihr sowieso nicht, sogar einige ihrer Freunde taten es nicht.

Dieser Morgen war das erste Mal, dass sie nicht mit dem Mann diskutierte.

Und es war der Moment, in dem sie sich an das Buch erinnerte, den Roman über diese Stadt, London oder New York, sie wusste es nicht mehr, nur dass es unterhalb der Stadt noch eine zweite gab.

Sie war die Bewohnerin der gleichen Stadt und zugleich einer anderen, die aber gar nicht existierte.

Und dann sah sie ihn: Dodo.

Er schlenderte vor ihr den Pfad entlang, in der gleichen Richtung wie sie, vielleicht fünfzig Meter entfernt.

Sie rief nach ihm. Er blieb stehen und drehte sich zu ihr um.

Ein Glück, da bist du. Es lag ihr auf der Zunge, doch etwas irritierte sie.

Dodo wirkte weder verängstigt noch erleichtert, eher ertappt. Er hielt etwas an seinen Bauch gepresst, mit den Armen vor mir verborgen wie ein Geheimnis. Einen Schatz.

Etwas Schwarzes. Die Farbe war teils abgerieben. Ein stumpfer Metallton schimmerte durch.

»Was hast du da?«

Dodo drehte sich ein Stück weg von ihr. »Meins.«

»Darf ich mal sehen?«

Er reagierte nicht.

Sie konnte nicht erkennen, was es war, nur dass es schwer war, Dodos Haltung nach zu urteilen.

Irgendetwas daran beunruhigte sie.

Dodo ging unvermittelt auf sie zu, mit einem Gesicht, als wolle er ihr einen Zaubertrick vorführen.

Sie stand still. Wagte nichts zu tun, das ihn davon abbringen würde, sie einzuweihen.

Dann veränderte sich seine Miene. Er schien plötzlich Angst zu haben.

»Ich hab's nur gefunden«, sagte er weinerlich.

Leonie ging in die Hocke. »Klar, Mann. Alles klar.«

Er hob einen Arm, damit sie sehen konnte, was es war.

Leonie entfuhr ein Laut, der sie selbst erschreckte. Dodo lief eine Träne über die Wange.

»Besser, wenn du sie mir gibst.« Sie versuchte, ihn nicht noch mehr zu beunruhigen, bemerkte aber, dass ihre Stimme zitterte.

Es war eine Pistole.

Sie sah nüchtern und funktional aus. Nicht im Geringsten wie ein Spielzeug.

»Wir wissen nicht, ob sie geladen ist«, sagte sie.

Sie wagte nicht, danach zu greifen, wollte Dodo nicht zu einer schnellen Abwehrbewegung provozieren. Also hob sie langsam ihre Hände, die Handflächen nach oben, vor sich wie eine Schale. Bereit, seinen Fund zu empfangen. Sie spürte, wie ihre Hände zitterten.

Dodo ließ die Pistole bereitwillig hineingleiten, wie wenn er sie so schnell wie möglich loswerden wollte. Die schöne Überraschung war plötzlich verdorben. Leonies Anwesenheit und die Tatsache, dass er sie ihr gezeigt hatte, hatten das Ding in etwas Gespenstisches verwandelt.

»Gut gemacht«, sagte Leonie.

Die Waffe war noch schwerer, als sie erwartet hatte. Ihre Hände zitterten jetzt noch mehr. Sie wusste nicht, wie sie sie halten sollte. Schließlich umfasste sie sie unten am Griff, so weit vom Abzug entfernt wie möglich, und hielt sie auf den Boden gerichtet.

Ihr war übel vor Schreck. Die Vorstellung, was hätte passieren können, als Dodo dieses Ding an seinen Körper gepresst hatte.

Was hätte passieren können, seit er sie gefunden hatte. Während er allein damit gewesen war.

»Dann wollen wir mal den Weg zurück suchen«, sagte sie.

»Da lang«, sagte Dodo und ging voraus.

Es fiel ihr schwer, mit ihm Schritt zu halten, sie konnte kaum einen Fuß vor den anderen setzen mit der Waffe in der Hand. Am liebsten hätte sie sie auf den Boden gelegt und zurückgelassen, aber das konnte sie nicht tun. Nichts war richtig, jetzt, da sie sie einmal in der Hand hielt.

Durch das Dickicht war alsbald die Koppel mit Pferden zu sehen, die ihr bei ihrer Ankunft aufgefallen war, und weiter vorne das Gasthaus. Dodo hatte sich nicht viel mehr als fünfhundert Meter fortbewegt. Sie konnte seinen Weg nachvollziehen: erst magisch angezogen von den Pferden – vielleicht hatte er sie mit Gras gefüttert und sich dann auf die Bank gelümmelt, die am Wegesrand stand, mit den Beinen baumelnd –, dann war er ein Stück in den Wald hineingestromert, wo er, halb verdeckt zwischen Blättern vom vorigen Jahr und frischem Grün, etwas Fremdartiges, Geheimnisvolles gesehen hatte (wo ein Schatz auf ihn wartete).

Sie spürte den harten, kühlen Griff der Waffe.

»Hundi!«

Jetzt, wo Leonie ihm seine Last abgenommen hatte, wurde Dodo übergangslos wieder zu dem, den sie kannte. Er rannte voraus, einem Schäferhund entgegen, der vor dem Gasthaus angeleint war und zu bellen anfing.

»Dodo!« Es kam scharf aus ihr heraus. Sie dachte an Bisse, tiefe Wunden, Sepsis. Aber Dodo bremste souverän ab, noch außer Reichweite des Hundes, blickte nach links zu einem Mann, der gemächlich auf die beiden zuging, und streckte erst dann – offenbar auf dessen Aufmunterung hin – dem Hund die Hand zum Schnuppern entgegen.

Sie musste Nele anrufen, warum hatte sie nicht gleich daran gedacht? Das Ding in ihrer Hand hatte sie vollkommen absorbiert.

Sie tat es jetzt. Nele rief die Nachricht laut in die Runde derer, die dageblieben oder bereits zurückgekehrt waren. Am Überschlagen ihrer Stimme meinte Leonie zu erahnen, wie schwer sie an ihrer eigenen Entscheidung getragen hatte: eine Stunde.

Nachher würde Leonie doch noch die Polizei verständigen müssen. Sie wollte nirgendwohin fahren mit dem Ding, sie sollten kommen und es ihr abnehmen.

Nur noch einen Moment. Bevor Dodo davon erzählte. Aber vielleicht dachte er schon nicht mehr daran, absichtslos oder einem stillen Beschluss folgend. Woran man nicht dachte, das war auch nicht da.

Sie setzte sich auf die Bank neben der Koppel und legte die Waffe vorsichtig neben sich. Dann besann sie sich, nahm ihren Schal ab und breitete ihn darüber aus.

Sie sah zu Dodo hinüber. Philipp kam aus dem Gasthaus und kurz darauf Nele mit dem Baby, die Familie wieder vereint. Nichts war passiert.

Dodo würde vermutlich befragt werden. Auskunft darüber geben müssen, wo er sie gefunden hatte. Sie würde diesen Tag damit beschweren müssen. Es war nicht zu ändern. Nur noch einen Moment, hier, allein.

Sie blickte zu den Pferden auf der Koppel, und es fiel ihr ein, aus dem Nichts: das Schilf. Der Mann, der im Wasser stand bei Sonnenaufgang.

Es war am Anfang gewesen, im ersten Frühling. Sie hatte Nachtdienst gehabt und war nach Dienstschluss verspätet herausgekommen. Die Straße war menschenleer. Ein Mann in einem seltsamen, dunkelgrünen Schutzanzug stieg aus seinem Auto, nahm etwas aus dem Kofferraum und kam auf sie zu.

Es war eine gelbe Plastikschüssel.

»Ich hab leider nichts anderes mehr«, sagte er entschuldigend. In seiner ausgestreckten Hand hielt er die Schüssel, und in der Schüssel stand ein kleiner Kaktus.

Ein Geschenk. Für sie.

»Der ist super«, sagte Leonie. »Vielen Dank.«

Sie sah ihn an. Wahrscheinlich bemerkte er die Verwunderung, mit der sie ihn musterte.

»Ich fahr gleich zum Angeln raus«, sagte er.

Sie begriff, dass es kein Schutzanzug, sondern ein Overall war. Wasserdicht vermutlich.

»Danke für alles«, sagte er.

Als er wieder zu seinem Auto ging, bemerkte sie die Aufschrift, die Firmeninschrift eines Blumenladens.

Es war Sonntagmorgen. Sie nahm an, er hatte vor seinem Angelausflug Blumen an diejenigen verteilt, die vom Nachtdienst kamen. Er war schon wieder eingestiegen und im Begriff loszufahren, und dann hatte er gesehen, wie sie, eine Nachzüglerin, noch herausgekommen war.

Sein Aufzug, diese Schüssel, die kontaktlose Übergabe eines Kaktus, es hatte etwas Feierliches und zugleich Absurdes.

Sie war die letzten fünf Stunden nicht aus dem Isolierzimmer herausgekommen. Dieser Mann in seinem falschen Isolieranzug war der Erste, der ihr begegnete, ein Botschafter der Welt da draußen, die in der Zwischenzeit an Wirklichkeit eingebüßt hatte, mit einem Kaktus als Willkommensgeschenk.

Den Kaktus hatte sie nicht mehr, er war im nächsten Frühjahr braun geworden, sie wusste nicht, warum. Aber von dem Tag hatte sie ein Bild im Kopf behalten wie eine Erinnerung.

Ich fahr gleich zum Angeln raus.

Sie hatte nicht schlafen können, war aufgestanden und hatte aus einer Laune heraus gegoogelt, wo man in der Gegend angeln konnte. Da war ein Foto von einem Angler, der einen Overall trug, wie der Mann ihn getragen hatte. Er stand im Schilf, vielleicht ein kleiner Seitenarm eines Flusses oder ein Weiher. Die Wasseroberfläche lag still da, dahinter ging die Sonne auf.

Sie musste der Frau davon erzählt haben.

Zu einer Zeit, als sie noch geglaubt hatte, sie würde Krankenschwester bleiben.

Auch Blumen hatte sie später noch bekommen, und edle Pralinen hatten sie untereinander aufgeteilt, so viele, dass sie etliche davon weiterverschenkt hatte. Übertriebene Rationen, die hinten und vorne nicht gereicht hatten.

Aber das war es alles nicht gewesen.

Nicht die Erlebnisse, die ihr manchmal heute noch so unvermittelt in die Glieder fuhren wie Schmerz. Nicht die unzähligen Patienten ohne Prognose. Nicht die dramatischen Einzelfälle und nicht das, was sich wiederholt hatte, wieder und wieder. Nicht das Alleinsein mit den Patienten, die Abwesenheit der Angehörigen, die Anrufe bei ihnen. *Leider unverändert. Leider schlechter. Heute Nacht gab es leider einen Zwischenfall.* Viele Sätze mit leider. Kinder, die im Hintergrund zu hören waren. Babys, die schrien. Die Kühle der Wand in ihrem Rücken. Auf einer Station war gegenüber der Stelle, an der sie meist lehnte, ein bestimmtes Muster auf der Sockelleiste, ein Schmutzfleck, der nicht wegging, vielleicht von den Rädern eines Krankenbetts. Drei parallele Linien und eine quer darüber, als wenn sie die anderen durchstrich. Ihr Ausblick, wenn sie Nachrichten übermittelte, die Nachrichten nach draußen.

Es war auch nicht die Stille gewesen, in die der Applaus gestürzt war. Die Fragen des Mannes im Supermarkt und die Tatsache, dass selbst Freunde anfingen so zu fragen. *Ist es wirklich so schlimm?* All die Videos und Sendungen, in denen andere zu sehen waren, wie sie taten, was sie tat, die Reportagen, Interviews, in denen sie aussprachen, was sie erlebte, hatten nicht gereicht. Zu sehen, was geschah, reichte nicht: das bittere Resümee dieser Zeit.

Aber das war es alles nicht gewesen.

Sie war erst drei Jahre später gegangen.

Unter Kollegen hatte es natürlich immer wieder Gespräche darüber gegeben: Wann ist der Punkt erreicht? Viele konnten sich nicht vorstellen, ihr Leben lang im Krankenhaus oder überhaupt in der Pflege zu bleiben, und sie kannte mehrere, die gegangen waren. Auch sie hatte schon darüber nachgedacht, nur: Das waren Überlegungen für später gewesen.

Sie hatte sich immer vorgestellt, dass es das Ende eines langen Entscheidungsprozesses sein würde. Und dann hatte sie einen Schlag ins Gesicht gebraucht, um zu begreifen, dass der Moment längst gekommen war.

Eines Tages war sie von der diensthabenden Oberärztin und der Stationspflegeleitung zum Gespräch gebeten worden. Es ging um einen Schlaganfall-Patienten, den sie vor fünf Tagen betreut hatte. Die Akten lagen aufgeschlagen da, sie wurde zum Verlauf befragt, zu den kurzzeitigen Blutdruckspitzen, der Verschlechterung gegen Ende ihres Dienstes und ihrer Entscheidung, die Ventrikeldrainage zu öffnen, um den Patienten zu entlasten, den Hirndruck zu senken, bis die Dienstärztin, die in der Notaufnahme gebunden war, eintreffen würde.

Der Patient war am Vortag verstorben. Leonie brauchte Minuten, um zu begreifen, wovon hier tatsächlich die Rede war.

Ein Behandlungsfehler mit Todesfolge: Das war es, was sie ihr unterstellten.

Sie wusste, dass sie nichts falsch gemacht hatte, aber dieses Wissen korrodierte noch während des Gesprächs. Sie verlor die Verbindung zu der Person, die es wusste.

Sie verhaspelte sich, suchte nach Worten, sah sich von außen, lief über zu diesen Autoritäten mit ihren eloquenten Erklärungen, ihrem angeblich höheren Wissensstand, die geprüft, abgewogen, sich entschieden, sich auf dieses Gespräch vorbereitet und sie anschließend zitiert hatten, während sie selbst von einem Moment zum anderen ins Bodenlose stürzte.

Sie schlief nicht mehr.

Der Tag, an dem es passiert war, lief in Dauerschleife ab. Die Schritte, die sie getan hatte, sie ging sie immer und immer wieder durch und kam zum gleichen Ergebnis: Sie hatte nichts falsch gemacht.

Der Riss in ihr blieb.

Das Schlimmste von allem: den Tod eines Menschen verschulden. Der Gedanke sickerte in sie ein wie Gift. Es stimmte nicht, aber das half nichts.

Sie musste sich krankmelden.

Ein Pfleger, den sie bei einer Weiterbildung kennengelernt hatte, telefonierte Stunden mit ihr.

»Ich bin doch keine schlechte Krankenschwester!« Sie konnte kaum sprechen.

Er wusste, was sie durchmachte.

Er und ein Kollege waren zu zweit im Nachtdienst gewesen, als ein Patient hatte reanimiert werden müssen und kurz darauf ein zweiter. Sie konnten nicht an zwei Orten zugleich sein, es war nicht möglich. Sie konnten nicht beide retten. Aber der Personalschlüssel war eingehalten worden. Laut Schlüssel hätten sie es schaffen müssen.

Er half ihr wieder auf die Beine und empfahl ihr einen Anwalt für Medizinrecht. Der Anwalt prüfte ihren Fall und bestätigte ihr, dass sie alles richtig gemacht hatte.

Sie musste ihn nicht einschalten. Der Fall war an die Pflegedienstdirektion gegeben worden. Sie hörte nie wieder davon.

Aber es war ihr unmöglich, an dieser Klinik zu bleiben.

Sie kündigte, nahm ihren Resturlaub und bereitete ihre Bewerbung an ein anderes Haus vor. Doch noch bevor sie sie abschickte, begriff sie, dass es vorbei war.

Nicht wegen des Vorfalls.

Der Abstand war es, der es ihr klarmachte. Der Abstand und die Leitlinien auf der Website des Klinikums, an dem sie sich bewerben wollte.

Sie kannte diese Leitlinien, das war es, was gute Pflege ausmachte. Aber sie wusste auch, dass es nicht der Wirklichkeit entsprach, schon lange nicht mehr. Das Haus konnte noch so gut sein.

Die täglichen kleinen und großen Abstriche. Bei der Körperpflege oder der Lagerung, bei der Mobilisation, einfach weil die Zeit nicht reichte. Das diplomatisch abgekürzte Gespräch. Das Austarieren, was verschmerzbar war, am wenigsten schädliche Folgen haben würde.

Zu Beginn ihrer Berufstätigkeit hatte sie befürchtet, so zynisch zu werden wie einige ihrer älteren Kolleginnen. Das war nicht eingetreten, sie galt als empathisch. Aber auch das machte schlechte Pflege nicht zu guter.

»Ich bin doch keine schlechte Krankenschwester!«

Nein, war sie nicht. Nicht schlechter, als unvermeidlich war. So gut, wie es möglich war. Aber das war ihr nicht genug. Nicht mehr.

Es war ein fortwährendes Unterlaufen dessen, was sie hätte sein und tun können und wofür sie ausgebildet war.

Sie konnte das nicht mehr. Sie wollte das nicht mehr mitverantworten. Sie wollte nicht mehr Teil davon sein.

Und selbst dann, selbst dann war es ihr noch so schwergefallen, sich aus diesem Beruf, den sie doch gewollt hatte, zu verabschieden. Am Ende hatte die Entscheidung von außen fallen müssen.

Sie war letztlich erleichtert gewesen, als der Pflegedienst, bei dem sie schon unterschrieben hatte, schließen musste. Sie wusste ja, was sie erwartet hätte.

Krankenschwestern wie Sand am Meer.

Sie hatte den Videokurs durchgearbeitet. Ein Online-Business mit Herz und Erfolg. Bald darauf hatte sie ihre erste Kundin gehabt. Es lief gut.

Ihr Seltenheitswert: Einfühlungsvermögen.

★

Wenn sie später auf diesen Tag zurückblickte, erinnerte sie sich zuerst daran: die Schusswaffe. Das Unwirkliche im Wald – so überscharf, so real –, das in die Taufe eines Kindes ragte, die plötzliche Gefahr.

Und dann an die Frau, die sie erkannt hatte, noch immer erkannt als die, die sie gewesen war.

Ein Gruß aus der Unterstadt.

LORE

Die Schmach der frühen Jahre: Ich kann sie spüren als Klumpen in meiner Brust. Ein vager Geruch von Linoleum genügt, und sie ist wieder da. Oder das Lachen, das von einem Schulhof weht.

Kinder sind wenig originell im Aussondern. Ich war ein untersetzter, schüchterner Junge. Auch die Pullover, die meine Mutter strickte, werden eine Rolle gespielt haben. Überhaupt meine Kleidung.

Doch im Innersten glaubte ich nicht daran, dass das alles war. Nein, es gab eine unabänderliche, eigentliche Ursache. Mein Danebensein lag in jeder Bewegung, jedem Wort, jedem Blick. Ich war einfach falsch.

Ich hatte einen Spitznamen. Noch heute berührt es mich, wie instinktsicher ich das, was zu diesem Namen führte, zu verbergen versucht habe.

Meine Eltern waren Inhaber eines Hotels, in erster und letzter Generation. Es hieß Hotel, war aber eher eine Pension. Unsere Wohnung lag im Dachgeschoss. Es stand mitten in einer Wohnsiedlung am Waldrand.

Der Großteil der Gäste waren Handwerker auf Montage. Manchmal übernachteten Durchreisende – die Autobahnauffahrt war nicht weit entfernt – und gelegentlich Besucher von Patienten des Kreiskrankenhauses, das in Laufnähe lag. Selten Wandertouristen.

Wegen des Waldrands hatten meine Eltern es »Hotel zum Reh« genannt. Ein lebensgroßes Kunststoff-Reh mit Kitz stand neben dem Eingang. Auch im Speiseraum waren Rehe verschiedener Größen und Materialien auf den Fensterbänken, den Eckschränkchen und dem Regal über dem Tresen drapiert. Meine Mutter sammelte sie auf Trödelmärkten und bestellte sie in Katalogen. Es gab zwei Lampen-Kitze, deren weiße Punkte leuchteten, wenn man sie anknipste. Es gab Hirsch-Silhouetten aus Edelrost, Rehe mit Fellimitat und – als Weihnachtsdekoration – aus weißer Keramik mit Mütze und Schal.

Als Kind liebte ich es, mit ihnen zu spielen. Ich besaß ein eigenes Lampenkitz, zwei Stoffrehe und einige kleinere aus weichem und hartem Plastik. Auch meine Kinderbilder zeugen davon. Ich bastelte ihnen ganze Landschaften aus Pappe wie Filmkulissen, die ich aufwändig bemalte.

Meine Sehnsucht galt den Exemplaren im Speiseraum. Es gelang mir immer wieder, eines in mein Zimmer zu verschleppen, was jedoch unweigerlich aufflog. Meine Mutter hatte ein strenges Auge auf die Rehe. Sie liebte sie genauso unersättlich wie ich.

Ich stand in der Grundschule schon am Rand der Klasse, doch die Rehe sorgten für einen kleinen Ausgleich: Besichtigungstouren durch den Speiseraum vor Geburtstagsfeiern. Unser zu diesem Anlass geschmückter Esstisch und die kleinen selbstgebastelten Ansteck- und

Woll-Kitze, die meine Mutter als Preise für Gewinner von Sackhüpfen und Topfschlagen ausgab. Gegen Ende trat sie als Zauberin auf und versorgte diejenigen, die bisher leer ausgegangen waren. Und es gab Bleistifte mit aufgestecktem Geweih – Werbegeschenke des Hotels –, die sie jedem Kind zum Abschied mitgab.

Ich kam glimpflich durch die Grundschulzeit. Zwei Jungs nannten mich Dicki, verlegen kichernd und außer Hörweite der Pausenaufsicht. Rührend ungeübt im Herabsetzen, was vermutlich an den Lehrern lag, die solche Ansätze im Keim erstickten. Die bittere Zeit begann später. Meine Noten waren gut genug fürs Gymnasium.

Es war keine schlechte Schule, im Gegenteil: Sie galt als das beste Gymnasium der Stadt. Erst später habe ich begriffen, dass dieser Umstand seine Schattenseiten hatte, jedenfalls für mich.

Ich wurde nicht verprügelt oder dergleichen. Ich war nur falsch oder – im besten Fall – unsichtbar.

Manches war vorhersehbar wie die Nacht. Beim Völkerball als Letzter gewählt werden. Nicht gewählt – genommen werden müssen. Die sich ausbreitende Welle von Seufzern, wenn auszurechnen war, welche Mannschaft die Null abbekommen würde: mich.

Was ich konnte, war ebenfalls daneben. Dass ich gerne und gut malte, verheimlichte ich, seit ich dafür gehänselt worden war, von einer Kunstlehrerin gelobt worden zu sein.

Es gab wenig, was meine Mutter noch für mich tun konnte, und der Schutzzauber der Rehe wirkte nicht mehr, im Gegenteil. Sie hatten sich in ein Risiko verwandelt. Ich spielte immer noch mit ihnen, und es gab Zeiten, in denen ich geradezu besessen an den Kulissen bastelte und malte, sie zu ganzen Welten erweiterte. Doch ich tat alles, um meine Zugehörigkeit zum Hotel zu verbergen. Ich lief von der Schule Umwege nach Hause und ging daran vorbei, wenn ich verdächtige Stimmen hinter mir hörte.

Aber sie fanden es doch heraus. Als Lore in unsere Klasse kam, war ich schon umgetauft.

Sie kam kurz vor den Herbstferien. Sie hatte diesen altmodischen Namen und war eines Morgens einfach da, stand in der Tür des Klassenzimmers. Alles an ihr war altmodisch: Sie trug eine Art Kittelkleid mit Bordüren an Taille und Rocksaum und hatte einen beigen Wanderrucksack aus Stoff mit Lederriemen über der Schulter. Und sie war barfuß. Sie sah sich um.

Unter den Mädchen hatte es ein kompliziertes Arrangement gegeben, sodass jeweils eines von ihnen am linken und rechten Rand einer Querreihe allein in einer Bank saß. Doch sie steuerte den einzigen weiteren freien Platz an: neben mir. Ich war klein, dick, wurde Bambi genannt und saß jetzt neben einem Mädchen. Es war kein guter Anfang für uns.

Unsere Klassenlehrerin war krank, und in den ersten Stunden schien sich niemand zuständig zu fühlen. Bis zur Pause wussten wir noch nicht einmal ihren Namen.

»Wie heißt du denn?«, fragte Marc auf seine bösartige, gespielt kindliche Art, als er an unserer Bank vorbeikam.

Sie streckte ihm die Hand hin. »Lore.«

Er war so verdutzt, dass er ihre Hand tatsächlich nahm. Die anderen kicherten, Marc wurde rot, und bevor er sich fing, war es vorbei. Lore nickte knapp, drehte sich um und ging raus. Kein Kichern mehr, kein Nachäffen, nichts.

Es war etwas an ihrer Art. Sie wirkte nicht lässig, eher zerstreut. Von abwesendem Selbstbewusstsein. Sie bewegte sich außerhalb der Regeln, schien sie gar nicht zu kennen, was normalerweise gefährlich war: Es zog einen ins Zentrum des Spotts.

Ich war verbittert. Wie konnte sie damit durchkommen?

Mein nächstes einschneidendes Lore-Erlebnis hatte ich beim Völkerball, diesem Spiel, in dessen Namen schon das ganze Grauen liegt. Wenige Tage nachdem sie zu uns gestoßen war, hatten wir gemeinsam Sport mit den Mädchen. Sie durfte eine der Mannschaften wählen, zum Ausgleich vielleicht für ihre verkorkste Einführung in die Klasse. Sie wählte mich als Ersten, und sie rief mich bei dem verhassten Namen.

»Bambi!«

Ich war fassungslos. Die Jungs johlten, einige der Mädchen kicherten.

Sie lächelte mich an, als ich mit heißem Gesicht zu ihr trottete. Sie schien überhaupt nicht zu begreifen, was sie getan hatte. Ich entschied, dass sie schlimmer war als der innere Kreis der Jungs: unberechenbar.

Lore glitt langsam und anstrengungslos in die Klassengemeinschaft. Die Mädchen mieden sie zunächst, dann bemühten sie sich um ihre Gunst. Einige der Jungs neckten sie – ihr Rucksack, ihr Barfuß-Tick – auf diese leicht aufgeregte, vorpubertäre Art. Von den übleren Jungs erhielt sie das Beste, was von ihnen zu kriegen war: Sie ließen sie in Ruhe.

Eines der Mädchen fragte sie, ob sie neben ihr sitzen wolle. Sie lehnte ab. Die üblichen Sprüche – »Lore liebt Bambi!« – waren schon erlahmt. Sie hatten ihr allenfalls einen spöttischen Blick entlockt, und mir galten sie ohnehin nicht, ich war ja Gegenstand dieser Hänseleien.

Sie blieb bei dem Namen Bambi, den sie offenbar – wie ahnungslos konnte man sein? – für meinen Spitznamen hielt. Ich versuchte sie zu ignorieren, hielt es jedoch nicht lange durch, da sie die Einzige war, die mit mir sprach, ohne eine Gemeinheit im Sinn zu haben. Ich konnte ihr auch nicht erklären, woher der Name kam, weil es die Schmach noch vertieft hätte.

Etwas völlig Unerwartetes geschah: Ich gewöhnte mich an ihn. Er verlor seine ursprüngliche Bedeutung. Sie konnten mich nicht mehr damit quälen, weil es mein wirklicher Name geworden war.

Heute denke ich, dass mehr dazugehörte als Lores unorthodoxe Interventionen. Einer der übelsten Jungs ging im Halbjahr von der Schule ab, zwei andere stießen zu uns, die Peer Group fiel auseinander. Vermutlich hätten sie ohne diese Umbrüche einen neuen Weg gefunden, mich zu demütigen. Aber zu dieser Zeit hielt ich Lore geradezu für magisch. Sie war mit einer undurchschaubaren Macht ausgestattet. Was auch immer falsch war an mir: Bei ihr war es richtig. Deswegen konnte sie sich leisten, so anders zu sein.

In dem Frühjahr, nachdem sie zu uns gekommen war, traf ich sie eines Nachmittags mit ihrem Hund, einem wuscheligen kleinen Terrier mit weißem Fell und schwarzen Flecken, der an mir hochsprang.

»Foster, nicht!«

»Lass ihn ruhig«, sagte ich gnädig. Ich liebte Hunde. Ich hatte meine Eltern bekniet, einen aus dem Tierheim zu holen, doch es ging nicht wegen des Hotels.

»Er mag dich«, sagte sie. Und dann beiläufig: »Wir gehen zum See. Kommst du mit?«

Ich willigte ein, ebenfalls beiläufig – ein Achselzucken als Antwort. Ich sagte mir, dass ich wegen Foster mitging.

Der Hund ermöglichte mir auch, sie wiederzutreffen.

»Wir gehen zum See. Willst du mit? So um drei?«

Wir. Sie und Foster. Ich konnte mich darauf einlassen, weil Foster dabei war.

Wir glitten langsam und anstrengungslos in unsere Freundschaft. Alles konnte beiläufig geschehen. Die Tragweite – für mich, mein Leben – war ausreichend verschleiert. Dabei hatte Lore die Weichen schon am ersten Tag umgestellt. In dem Moment, als sie in der Tür des Klassenzimmers gestanden, sich umgesehen und entschieden hatte.

Durch sie habe ich erfahren, wie es sich anfühlt, gewählt zu werden.

Mit Lore fernsehen: samstagnachmittagelang Folgen von Raumschiff Enterprise, aufgenommen auf dem Videorekorder ihrer Eltern – einem Gerät, von dem ich damals nur träumen konnte. Sie hatte die Serie nicht gekannt, und ich fragte mich, unter welchem Stein sie gelebt hatte, bevor sie zu uns kam. Sie kannte überhaupt vieles nicht. Dafür beschäftigten sie Dinge, die für mich allenfalls ein ferner Hall waren. Martin Luther King. Dritte Welt. Gandhi.

Ihre Schulleistungen schwankten zwischen Genie und Themaverfehlung. Wenn sie morgens ins Klassenzimmer geschlichen kam mit diesem Blick, dann wusste ich: Es ist wieder so ein Tag. Lore auf der Suche nach der Weltformel. Eine Lateinschulaufgabe stand bevor, und sie grübelte über das Waldsterben nach.

Was ich zu unserer Freundschaft beisteuerte: die Serien, Musikkassetten mit *Schlagern der Woche* und das endlose Tischkickerspielen, nachmittags nach der Schule, wenn die Monteure noch auf Arbeit waren, im Kellergeschoss des Hotels meiner Eltern. Meiner Eltern, die mir jetzt peinlich waren. Auch die Rehe und Kitze waren mir peinlich, die unstillbare Sucht meiner Mutter nach Kitsch. Lore störte sich nicht am bizarren Ambiente des Hotels und unserer Wohnung, die in so krassem Gegensatz zu ihrem Elternhaus stand, den großzügigen, lichten Räumen, den exquisiten Möbeln – antik neben Glas und Stahl, Bücherregale bis an die Decke –, den dicken, hellen Teppichen.

Auf unseren Streifzügen mit Foster zog sie mich in Gespräche über die Verfassung der Welt.

»Ägypten. Ich versteh's nicht!«

»Da liegen Scherben.«

Sie lief, wenn es die Temperaturen irgendwie erlaubten, fast immer barfuß. Mich schmerzten die Sohlen schon beim Anblick, doch es war, als habe die Welt ein Einsehen und würde zurückweichen vor dieser weltabgewandten Weltsorge: Sie verletzte sich nur ein einziges Mal. Wir waren jetzt zwölf, und sie verstand die Ursachen von Sadats Ermordung nicht. Später, als sie fort war, gab es Epigoninnen in der Klasse, die ihre grüblerische Miene und ihre Verschrobenheit nachahmten. Aber vielleicht bildete ich mir das ein, vielleicht war Lore nur früher dran, so wie mit ihrem Rucksack als Büchertasche und überhaupt ihrem Faible für Altes und Secondhand. Etwas trieb sie, als hätte sie keine Zeit für dieses langwierige Erwachsenwerden. Saurer Regen, Kalter Krieg, Kafka. Es war anstrengend, mit ihr befreundet zu sein.

Es war schön.

Unsere Raumschiff-Enterprise-Nachmittage. Lästern über die Pappfelsen des Planeten Thasus. Ihr schallendes Gelächter, und wie sie mich am Ohr zog und ich in Mister-Spock-Manier verkündete: »Käpt'n, Sie haben mich fast dazu gebracht, an Glück zu glauben.«

Vielleicht war es das, was ich ihr zeigte: wie es sich anfühlen konnte, irgendein Mädchen zu sein, albern und gedankenlos in einer Blase aus Zeit.

Sie verschwand beinahe so schnell, wie sie gekommen war, und aus dem gleichen Grund: Ihr Vater arbeitete für einen Autobauer, in unserer Stadt gab es ein großes Werk. Es musste ein gehobener Posten sein, so viel wusste ich. Jetzt sollte er eine Niederlassung in den USA aufziehen.

Sie eröffnete es mir auf einem unserer Streifzüge, mit gesenktem Blick und wenigen Worten. Auch ich sagte nicht viel. Zum Abschied an diesem Nachmittag standen wir unschlüssig vor ihrem Haus. Sie gab mir schließlich die Hand.

»Wir sehen uns«, sagte sie traurig. Und das stimmte ja auch, es waren ja noch zwei Wochen.

Dann war sie fort.

Ich wurde groß und bullig. Ich eignete mir eine abweisende Arroganz an, sowohl meinen Eltern als auch meinen Mitschülern gegenüber. Ich war immer noch schüchtern. Schüchtern und einsam.

Ich malte jetzt hauptsächlich surreale Landschaften, die von humanoiden Wesen besiedelt waren, wobei das Malen mehr denn je zu einer geheimen, untergründigen Existenz wurde. Mein Taschengeld verdiente ich mir mit Ferienjobs in dem Werk, in dem Lores Vater gearbeitet hatte, kaufte mir einen C64 und begann zu programmieren. An der Schule wurde ein Informatikkurs angeboten, und ich war in der Experimentiergruppe eines Physiklehrers. Ich wurde akzeptiert, zu meiner stillen Überraschung – mehr noch: Ich geriet in den inneren Kreis. Nerd zu sein, war meine Eintrittskarte.

Sobald die Ersten ihren Führerschein hatten, fuhren wir jede Strecke mit dem Auto. Die Nachmittage mit Lore und Foster wurden überschrieben mit anderen Bildern: Ein Golf neben einem Audi 80 am Seeufer. Grillabende mit Würstchen und Bier. Nächte in einem Hobbykeller, in dem eine Bar eingerichtet war.

Ich war Bambi, der Name war jetzt eine ironische Referenz. Ich war cool. Ich weiß noch, ich war so cool, dass ich mich an einem dieser Abende über meine Eltern lustig machte, über die Piefigkeit des Hotels, die Unbeholfenheit und Kontaktscheue meines Vaters – dem ich in Wahrheit nachschlug – und die unfassbar kitschigen Rehe meiner Mutter. Ich war ungeheuer witzig. Ich brauchte das.

Die Mädchen blieben unerreichbar, weil – so denke ich heute – ich selbst unerreichbar blieb. Mein Ego war nur mit dieser Schicht aus abweisender Lässigkeit und Ironie aufrechtzuerhalten. Dieser Schutz, gepaart mit einem wie unter Betäubung geleisteten Gehorsam, brachte mich auch über die quälend langen Monate beim Bund.

Als ich Lores Eltern wiederbegegnete, war ich 29. Es ging mir nicht besonders gut.

Im Winter war, völlig überraschend, mein Vater gestorben. Wir hatten weder ein gutes noch schlechtes Verhältnis gehabt. Sein Tod traf mich unerwartet hart.

Seit einem halben Jahr war ich arbeitslos. Während der Schulzeit hatte ich mir eine Zeit lang ausgemalt, mich an Kunstakademien zu bewerben, aber diese Vorstellung stand neben der Realität, eine Träumerei, die ich, wie das Malen selbst, umstandslos ablegte, als es auf die wirkliche Entscheidung zulief. Ich studierte Maschinenbau und wurde mitten in die Flaute der Neunzigerjahre hinein fertig. Nach mehreren Jahren schlecht bezahlter Arbeit bei einem Haushaltswaren-Hersteller, immer bedroht von Entlassung – die billigeren China-Produkte drückten schon auf den Markt – gelang es mir, eine Stelle bei einem Autozulieferer zu ergattern. Doch ich verlor sie schon gut ein Jahr später, nachdem ein Großkunde zur Konkurrenz gewechselt war.

Ich schrieb Bewerbungen. Auch an den Konzern, in dem Lores Vater damals gearbeitet hatte und vielleicht immer noch arbeitete, ob in den USA oder anderswo. Aber es war nicht dort, wo ich ihn wiedertraf. Selbst wenn es mit der Stelle geklappt hätte, wäre es unwahrscheinlich gewesen, dass wir uns dort begegneten.

Nein, ich traf auf die Pochardts an dem Ort, an dem ich sie von allen in der Welt am wenigsten erwartet hätte, und zu einem Zeitpunkt, zu dem es das Letzte war, was ich wollte: im Hotel meiner Eltern.

Mein Vater war der Geschäftsführer gewesen. Meine Mutter hatte einen Großteil der Servicearbeit geleistet – alles, was Kontakt mit den Gästen erforderlich machte. Sie hatte, als die Personalkosten stiegen und die Buchungen zurückgingen, auch das Zimmerputzen übernommen.

Mein Vater war Koch. Kein guter, aber gut genug für die Erfordernisse: billig und große Portionen. Wegen seiner Rückenprobleme hatten meine Eltern später auf Fertigprodukte umgestellt. Doch er hatte, seit das Hotel existierte, die Bücher geführt. Mir schwante, dass ich meiner Mutter damit würde helfen müssen, womöglich über längere Zeit.

Am Tag nach der Beerdigung, als ich aufstand, war sie nicht in der Wohnung. Ich fand sie unten im Büro über einen Aktenordner gebeugt. Das Hotel war noch für den Rest der Woche geschlossen, dann wollte sie wieder aufmachen.

Ich bot ihr halbherzig meine Hilfe an, doch sie lehnte ab. »Ich muss eh damit zurechtkommen.«

Ich hatte vorgehabt, noch die ganze folgende Woche zu bleiben und dann weiterzusehen. Am Mittwoch hatte ich ein Bewerbungsgespräch, ich würde hinfahren und wieder zurückkommen. Doch sie bat mich lediglich, bis zum Dienstagmorgen zu bleiben, um am Tag der Wiedereröffnung nicht allein zu sein.

Ich konnte mir nicht vorstellen, dass sie klarkommen würde. Doch das tat sie offensichtlich.

Drei Wochen später rief sie mich an und erklärte, sie habe Insolvenz angemeldet. Ihre Wortwahl verriet, dass sie sich lange auf das Telefonat vorbereitet hatte. Es klang eingeübt und geradezu übertrieben sachlich.

Ich musste mir zusammenreimen, was geschehen war, denn ihr schien es vordringlich darum zu gehen, meinen Vater in Schutz zu nehmen. Im Nachhinein betrachtet, hätte ich mir längst denken können, dass etwas nicht stimmte – wenn ich denn überhaupt einen Gedanken an das Hotel verschwendet hätte.

Ich wusste, dass vor einigen Jahren ein großes Haus mit Monteurs-Unterkünften eröffnet worden war. Es bot Wohnungen und Zimmer mit einer Ausstattung und zu Preisen an, mit denen meine Eltern nicht mithalten konnten.

Offenbar hatte mein Vater gehofft, das Blatt noch irgendwie wenden zu können. Wäre meine Mutter Mitinhaberin gewesen, hätte sie sich strafbar gemacht wegen Insolvenzverschleppung.

Das – übersetzt – war es, was sie mir mitteilte. Sie hatte herausgefunden, dass die Zahlen nicht stimmten. Daraufhin hatte sie sich einen Steuerberater geleistet, der ihr erklärte, was zu tun war. Und das hatte sie bereits getan.

Der Insolvenzverwalter war schon bestellt. Vorerst blieb das Hotel geöffnet, doch es gab keine realistische Aussicht auf einen Käufer, zumal das Haus dringend renovierungsbedürftig war. Es war nur eine Frage der Zeit, bis es zur Zwangsversteigerung kommen würde.

Die Hypothek war noch nicht abbezahlt. Weil meine Mutter für die Hypothekenforderung gebürgt hatte, würde sie für die Restsumme aufkommen müssen, die nach der Versteigerung blieb. Und sie würde die Wohnung verlieren. Sie würde sich mit 51 Jahren eine Arbeit suchen müssen.

Und diese Frau – meine Mutter, deren Existenz in diesem Hotel steckte und die jetzt, nach dem Tod meines Vaters, mit gestählter Tapferkeit ihr Lebenswerk abwickelte –, diese Frau hörte ich eines Tages, als ich übers Wochenende zu Besuch nach Hause kam und durch die offenstehende Tür auf die Rezeption zuging, in befremdlich hoher, dünner Tonlage mit jemandem sprechen. Ich hörte sie lachen, aufgeregt und unsicher wie ein Teenager.

So hatte sie nie mit Gästen geredet. Sie war immer freundlich gewesen – es sei denn, einer der Monteure benahm sich daneben oder ein Gast verhielt sich herablassend oder stellte unangemessene Ansprüche, dann konnte sie energisch und kühl werden. Auch ihre Freundlichkeit hatte etwas Souveränes, sie war zuvorkommend und zugleich bestimmt. Nicht unsicher und niemals unterwürfig.

»Ach, da ist er!«, rief sie nervös, als sei ich die lange erwartete Hauptperson einer Überraschungsparty.

Sie standen mit dem Rücken zu mir. Erst als sie sich umdrehten, erkannte ich sie. Ich erkannte zuerst Lores Mutter, die sich nur wenig verändert hatte.

Sie waren, soweit ich verstand, zu einem Firmen-Event angereist, spät entschlossen, ein Malheur bei der Buchung, die Hotels in der Innenstadt ausgebucht. Da hatten sie sich an uns erinnert. Das alles wurde in einem warmen, von Mitgefühl abgedunkelten Ton für mich zusammengefasst – »und da dachten wir, fragen wir doch bei Olivers Eltern nach!« Sie sprachen mir ihr Beileid zum Tod meines Vaters aus und erkundigten sich nach meinem Leben, meiner Arbeit.

Es war im Wesentlichen meine Mutter, die antwortete oder meine wortkargen Erwiderungen ergänzte. Sie bauschte meine bisherige »Laufbahn« mit umständlichen Worten auf, umschrieb meine gegenwärtige Situation, sprach von »Pech« mit meinem letzten Arbeitgeber. Nun sei ich gerade »arbeitssuchend«. Je mehr sie sagte, desto unruhiger wurde ich. Ich hatte das Gefühl, dass sie auf etwas zusteuerte. Und das tat sie auch.

»Er hat ja auch Erfahrungen im Automobilbereich gesammelt«, sagte sie bedeutungsvoll.

Ich spürte meinen Puls.

Herr Pochardt hob die Augenbrauen. »Soso«, erwiderte er gedehnt.

Meine Mutter sah mich erwartungsvoll an: Das war mein Einsatz.

Ich schwieg. Herr Pochardt blinzelte, hatte einen indifferenten Gesichtsausdruck, den ich nicht an ihm kannte.

»Wie geht es Lore?«, fragte ich brüsk.

Ein Vakuum bildete sich um meine Frage. Ich dachte, es läge an der Abruptheit und meinem schneidenden Ton. Vielleicht war zu offensichtlich, dass ich nicht aus echtem Interesse fragte, sondern um den peinlichen Plan meiner Mutter zu unterlaufen. Das Letzte, was ich wollte: dass Herr Pochardt sich genötigt sah, etwas für mich zu tun – oder sich aus diesem Ansinnen herauszuwinden.

Aber dann sagte Herr Pochardt: »Gut«, und Frau Pochardt sagte fast zeitgleich: »Nicht so gut.«

Soweit den anschließenden Schilderungen von Frau Pochardt zu entnehmen war, hatte Lore ein Philosophiestudium begonnen – die Nebenfächer habe ich vergessen –, das Studium dann aber abgebrochen und zum Erstaunen ihrer Eltern eine Tischler-Lehre angefangen. Später hatte sie das Studium wieder aufgenommen – ob sie es abgeschlossen hatte, blieb unklar –,Volontariate absolviert und arbeitete inzwischen als Lektorin in einem Sachbuchverlag. Pause.

»Das ist doch ein schöner Beruf«, sagte meine Mutter vorsichtig.

»Das ist es«, sagte Herr Pochardt mit Nachdruck. »Es ist das Richtige für sie.«

»Sie kommt mit sich selbst nicht zurecht«, sagte Frau Pochardt.

»Ich weiß nicht, was das heißen soll«, erwiderte Herr Pochardt gereizt.

»Sie ist ein Mensch ohne Wurzeln«, sagte Frau Pochardt schlicht, als hätte ihr Mann gar nicht gesprochen.

»Es tut mir leid, dass sie drei Fremdsprachen fließend beherrscht und in jungen Jahren so viel von der Welt gesehen hat wie andere ihr ganzes Leben lang nicht.«

Diesen Schlagabtausch führten sie nicht zum ersten Mal, das war klar. Aber jetzt sah Frau Pochardt auf und blickte meine Mutter betreten an – vielleicht aus Sorge, sie könnte sich mit diesen »anderen« gemeint fühlen, von denen ihr Mann gesprochen hatte. Ich jedenfalls tat es.

Dann sah sie an meiner Mutter vorbei.

»Ist das von dir, Oliver?«, fragte sie. Wir drehten uns um.

Sie meinte das Bild. Es hing im Flur, der zu den Zimmern im Erdgeschoss führte.

Es war eins von den späten – eine Vulkanlandschaft mit einer Gruppe entseelt blickender Gestalten –, bevor ich das Malen ganz aufgegeben hatte.

Meine Mutter bejahte, und die Pochardts beeilten sich, vor das Bild zu treten und es zu betrachten. Sie standen in dem engen, muffigen Hotelflur wie Galerie-Besucher.

»Ich habe damals schon zu dir gesagt, du hast Begabung«, sagte Frau Pochardt.

Das stimmte, sie hatte es gesagt.

Sie hatte die Zeichnungen und Bilder in meinem Malblock gesehen, als Lore und ich an einem Kunstprojekt für den Unterricht arbeiteten. Sie hatte sogar gesagt: »Wer weiß, vielleicht schlägst du mal eine künstlerische Laufbahn ein.«

Ich war zwölf. *Eine künstlerische Laufbahn.*

Ich kann mich noch an das erhebende Gefühl erinnern. Frau Pochardt hatte diese besondere Art, mit mir zu sprechen. Als nähme sie mich auf eine Weise ernst, wie ich es sonst nie bei Erwachsenen erlebte.

»Malst du noch?«, fragte sie jetzt.

Ich schüttelte den Kopf, in einem Gefühl ultimativen Versagens. Kein Job und nichts übrig von dem, den sie einmal in mir gesehen zu haben glaubte.

Die Pochardts mussten meine Abwehr spüren. Sie beendeten das Gespräch in unverbindlichem Ton. Auch meine Mutter machte keinen Versuch, den Gesprächsfaden wiederaufzunehmen, wahrscheinlich weil inzwischen nicht mehr klar war, welches Thema nicht in betretene Sprachlosigkeit münden würde. Sie führte die Pochardts zu ihrem Zimmer.

Am nächsten Morgen stand ich früh auf und ging joggen. Ihren Anblick im Frühstücksraum, der zu seiner angestammten Absurdität – die Rehe, die leuchtenden Punkte der Lampenkitze – nun noch die leere Trostlosigkeit des Bankrotts ausstrahlte, wollte ich mir ersparen. Aber ich bekam sie nicht aus dem Kopf. Die ganze lange, einsame Runde um den See über nicht.

Einige Jahre, nachdem ich die Schulzeit hinter mir gelassen hatte, war mir etwas klargeworden, das immer schon dagewesen war, so offensichtlich, dass es niemand von uns wahrgenommen, oder doch wahrgenommen, aber für nicht weiter beachtenswert gehalten hatte. Zu selbstverständlich.

Das Referat eines Mitschülers. Die Dias, die er zur Veranschaulichung gezeigt hatte, aufgenommen während eines Familienurlaubs: die Universität von Padua, der Treppenaufgang, den Galilei zu seinen Vorlesungen genommen hatte. Mein flaues Gefühl. Unvorstellbar, dass meine Eltern mit mir eine solche Art von Urlaub gemacht hätten: Führungen durch historisch bedeutende Stätten. Nicht dass ich darauf gebrannt hätte, aber dass es außerhalb ihres Horizonts lag, beschämte mich.

Der Audi des Mitschülers, der mich zum See mitgenommen hatte. Nicht alle hatten so teure Modelle, nur: Jemand hatte sie bezahlt. Jemand zahlte Steuern, Kundendienst, Reparaturen.

Die Tatsache, dass meine Eltern ein Hotel führten, vernebelte die wahren Verhältnisse. Auch in guten Zeiten kamen wir gerade so über die Runden. Wir gehörten nicht in die Sphäre, in der sich die meisten meiner Mitschüler bewegten.

Aber die Pochardts hatten in diese Sphäre gehört. Mir war der Gedanke in dieser Klarheit bisher nie gekommen, weil meine Erlebnisse mit Lore so außerhalb von allem gestanden hatten und sie nur so kurze Zeit bei uns gewesen war. Jetzt, unter dem Eindruck der demütigenden Begegnung, sah ich es überdeutlich: Lores Manager-Vater und ihre Mutter, Übersetzerin von Lyrik, eine Tätigkeit, von der man – da war ich mir ziemlich sicher – nicht leben konnte. Frau Pochardt, die mir eine »künstlerische Laufbahn« zugetraut hatte wie etwas, das man »einschlug«, weil man »begabt« war. Als wäre das alles, was dazu gehörte. Als wäre der Preis für eine solche Entscheidung der gleiche für mich wie für sie. Als wäre ich einer von ihnen.

Die Nachmittage bei ihnen, meine Bewunderung für sie. Als seien sie aus sich selbst heraus etwas, das meine

Eltern nie gewesen waren und ich nie werden würde. Weil wir es einfach nicht draufhatten.

Lores Verschrobenheit, entschied ich jetzt, hatte in diese Sphäre gehört. Ihr abgehobener Weltschmerz. Ich sortierte sie zu diesen Notarstöchtern und Möbelhaus-Söhnen, die mich jahrelang lächerlich gemacht oder bestenfalls ignoriert hatten, nicht weil Lore sich mir gegenüber je so verhalten hätte, sondern weil ich zu ihr aufgeschaut hatte. Zu ihr und ihren Eltern, die so viel strahlender waren als meine.

Und jetzt kam sie also – laut Frau Pochardt – »mit sich selbst nicht zurecht«. Während meine Mutter vor dem Ruin stand und ich keine Arbeit hatte, war sie ein »Mensch ohne Wurzeln«. Solche Leiden musste man sich leisten können.

Ich war voller Groll. Ich war so angefüllt davon, dass ich gar nicht wusste, wohin damit. Und es half nicht, dass die Pochardts, genau wie ich gehofft hatte, bereits abgereist waren, als ich atemlos und verschwitzt vom See zurückkehrte. Ihre Anwesenheit hing über dem gesamten Wochenende, dem eigentlichen Anlass meines Besuchs: Meine Mutter hatte mich gebeten, ihr beim Entrümpeln zu helfen und die Dinge, die noch in meinem Jugendzimmer lagerten, auszusortieren und mitzunehmen. Sie war dabei, ihren Hausstand drastisch zu verkleinern, passte sich dem Unvermeidlichen in einer Geschwindigkeit an, die mich geradezu befremdete. Mein Groll und ihre Enttäuschung über mein Verhalten machten diese ganze traurige Abwicklung zu einer wortkargen, unterkühlten

Angelegenheit. Erst als ich abfuhr, mit einem einzigen Karton im Kofferraum, und die Entfernung sich vergrößerte, legte sich der Groll, und ich konnte ihn fühlen, den Schmerz.

Ich hatte nicht geahnt, was es mir bedeutete: zu wissen, dass dieser Ort, für den ich mich jahrelang geschämt und den ich verleugnet hatte, weiterhin existierte.

Und dieser Karton, in den ich wütend und scheinbar wahllos die Überreste meiner Kindheit geworfen hatte, brachte sie mir zurück: Lore. Fast fünfzehn Jahre später.

Ich hatte kaum noch an sie gedacht. Sporadisch hörte oder las ich von ihrem Vater, nachdem ich es über Umwege doch wieder in die Automobilindustrie geschafft hatte – ein Interview in einer Fachzeitschrift; ein Zeitungsartikel, in dem er erwähnt wurde –, und hatte dabei seine sonore, Autorität ausstrahlende Stimme im Ohr.

Einmal, während eines Besuchs in einem der osteuropäischen Werke meines Arbeitgebers, flackerte eine Erinnerung auf. Ich kam mit Kollegen aus der Kantine und erkannte einen der Arbeiter wieder, der morgens in der Produktionshalle Säcke mit Granulat gewuchtet hatte, weil ein Transportband ausgefallen war. Jetzt saß er auf einer der langen Bänke im Vorraum vor der Kantine und aß sein mitgebrachtes Mittagessen: Gurkenscheiben und ein Brot, dem man die Minderwertigkeit ansah, es glänzte wie Knetmasse. Die Kantine war für die Arbeiter zu teuer, das wusste ich, aber ihn dort sitzen zu sehen, entfachte in mir ein bitteres Gefühl von Scham.

Abends im Bett, mit diesem Bild vor Augen, kam mir unvermittelt Herr Pochardt in den Sinn. Sein unverbrüchliches Selbstbewusstsein. Kein Zweifel an dem, was er tat. Das Gleiche konnte ich von mir nicht behaupten.

Dann, wie ein fernes Echo: »Ägypten. Ich versteh's nicht!«

Lore, barfuß neben mir, zwölf Jahre alt, wie sie versucht hatte, sich einen Reim auf die Welt zu machen. Meine Bewunderung für sie.

Ihr Vater.

Der Mann, der Brot aß.

Ich hatte mir vorgestellt, sie würde eines Tages etwas Bedeutendes tun – Anwältin für Entrechtete, Arbeit für eine NGO, dergleichen. Zu hören, dass es nicht so gekommen war, hatte damals, bei der unseligen Begegnung mit ihren Eltern, eine böse Genugtuung in mir ausgelöst. Und ebenso, dass in Herrn Pochardts Stimme, als er von ihr gesprochen hatte, Enttäuschung mitschwang. Auch seine Erwartungen hatte sie nicht erfüllt.

Und dann stieß ich eines Tages bei dem Versuch, eine Malerrolle hinten aus einem Kellerregal zu ziehen, deren Griff zwischen irgendetwas eingeklemmt war, mit dem Ellbogen an einen Karton. Er kippte vom Regal, und die ganze Bescherung fiel mir vor die Füße: Fotos, ein Lego-Raumschiff, Musikkassetten, ein Kissenbezug aus Kordstoff. Kleinformatige Acrylbilder. Eine nymphenartige Skulptur, an die ich keinerlei Erinnerung hatte. Und Luftpostbriefe.

Die Schrift auf den Umschlägen. Ich erkannte sie sofort. Es waren die Briefe, die Lore mir geschrieben hatte, nachdem sie mit ihren Eltern in die USA gezogen war.

Vielleicht hätte ich sie nicht gelesen – jedenfalls nicht gleich, nicht an diesem sehr frühen Morgen –, wenn sie nicht in eine Lücke gefallen wären. Ein schmaler Spalt Alleinsein in meinem angefüllten Leben: Meine Frau war mit den Kindern übers Wochenende bei ihren Eltern, während ich die Kinderzimmer streichen würde.

Vielleicht wäre ich sonst dem Gefühl, das sich wie ein Duft in unserem Kellerraum entfaltete, nicht gefolgt.

Lores fahrige Handschrift, die die Lehrer als schlampig und unleserlich moniert hatten. Ich konnte sie immer noch lesen. Mit der Schrift kam ihre Stimme zurück, und mit der Stimme das Mädchen, das in der Tür des Klassenzimmers gestanden hatte, seltsam gekleidet, einen Wanderrucksack über der Schulter, barfuß. Das Mädchen, das einen ernsten, konzentrierten Blick über die Sitzreihen hatte schweifen lassen und von allen Möglichkeiten die abwegigste gewählt hatte: mich.

Das Bild traf mich frisch und unverhüllt, von allem befreit, was sich darübergelegt hatte. Nur Lore. Und ich, damals. Mein Elend, das sie durchkreuzt hatte.

Der Inhalt ihrer Briefe erstaunte mich, und noch mehr der Ton, der sie durchzog. War es möglich, dass ich ihn damals nicht wahrgenommen hatte?

»Sie ist ein Mensch ohne Wurzeln«, hörte ich Frau Pochardt sagen. Ein Bild stieg auf, unmittelbar und vertraut: Wenn Lore nach der Schule oder nach unseren Ausflügen zum See mit zu mir nach Hause gekommen war, dann hatte sie jedes Mal mit der Hand über den Rücken des lebensgroßen Rehs und über den Kopf des Kitzes gestrichen, die neben dem Hoteleingang standen. Eine kleine, zärtliche Geste.

Vielleicht war es ja andersherum gewesen. Vielleicht war sie ein Mensch, der sich gern verwurzelte.

Bevor sie zu uns stieß, hatten sie und ihre Eltern mehrere Jahre in Italien gelebt. Sie hatte kaum davon erzählt. Wen oder was hatte sie dort zurückgelassen? Und was hatte sie verloren, als sie von uns fortging?

Dann erinnerte ich mich. Ich musste es in mir verkapselt haben, nicht lange nachdem sie uns verlassen hatte.

Während unserer Streifzüge mit Foster war es eines Tages doch geschehen: Sie hatte sich einen Splitter in den Fuß getreten. Auf meine Schulter gestützt war sie nach Hause gehumpelt, und schon an diesem Druck auf der Schulter hatte ich es gemerkt.

Ihre Eltern waren nicht da, und so fragte ich sie nach einer Pinzette. Sie machte keinen Mucks, als ich ihr den Splitter aus dem Fuß zog, und als ich hochsah, verweilte mein Blick für einen Moment auf ihrem T-Shirt, den spitzen Ansätzen ihrer Brüste.

Ich desinfizierte die Wunde mit Whiskey, es war das Einzige, was wir hatten finden können. Zur Belohnung gönnten wir uns jeder einen Schluck, nicht viel, doch genug für eine überschwängliche Umarmung zum Abschied und einen sehr beschwingten, sehr sentimentalen Nachhauseweg.

Als sie fortging, fühlte es sich an wie ein Verlust, der nie wieder gutzumachen war.

Auf ihre Briefe antwortete ich damals nur schleppend, und irgendwann versickerte unsere Korrespondenz. Ich redete mir ein, dass ich erleichtert sei. Dass ihr Fortgehen mir Jahre unerfüllten Verlangens erspart hatte.

Und ich sagte mir, dass es einfach zu anstrengend war, auf ihre komplizierten Gedankengänge auch noch schriftlich einzugehen. Doch als ich jetzt ihre Briefe wiederlas, entdeckte ich, dass sie kaum etwas von dem geschrieben hatte, was sie bewegte – Atomkrieg, Hungersnöte oder Sterben im Allgemeinen. Dass sie diese Gedanken meist in ein knappes P.S. mit dem Vermerk »Aus Lores Mottenkiste – keine Antwort nötig!« verbannt hatte. Dass sie ausführlich auf meine spärlichen Berichte eingegangen war, Erinnerungen an unsere gemeinsamen Raumschiff-Enterprise-Nachmittage beschworen hatte und dass überhaupt ihre Zeilen von dem Verlangen durchdrungen waren, gewählt zu werden.

Ich suchte und fand das alte Radio mit Kassettendeck und strich die Kinderzimmer mit *Schlagern der Woche* im Ohr, überließ mich der süßen Wehmut.

Ich versuchte sie mir vorzustellen: Lore, heute. Mit Schuhen an den Füßen. Ich fantasierte, wie wir nebeneinander gingen, und bemerkte erst nach einer ganzen Weile den Fehler: Foster wuselte um uns herum. Es war Foster, der mir die Dimensionen klarmachte: Zweiunddreißig Jahre war es her!

Nicht einmal zwei Jahre hatten wir uns gekannt. Ein Fünkchen Zeit.

Ich erwog, nach ihr zu googeln, verwarf es jedoch, vorerst.

Bis heute habe ich es nicht getan.

Mit ihr Kontakt aufnehmen: Es ist ein Schritt, der gut überlegt sein will. Wir beide einander fremd, routiniert im Austausch von Unverbindlichkeiten. Glattgeschliffen von den Jahren. So möchte ich uns nicht erleben. Oder wenn doch, wenn ich dieses Risiko eines Tages eingehe, dann will ich sicher sein, dass es nichts mehr überschreibt.

Ich möchte sie so behalten, wie ich sie gekannt habe: barfuß mit Stirnfalte, die Welt auf den Schultern. Mit tränenden Augen vor Lachen, als sie meine Ohren langzog und ich zu ihr sagte: »Käpt'n, Sie haben mich fast dazu gebracht, an Glück zu glauben.«

Ich möchte sie bewahren: unsere frühen Jahre.

ANMERKUNGEN

Die beiden in der Erzählung »Familien« genannten Bücher gibt es wirklich:

Was drei kleine Bären im Walde erlebten ist ein Märchen von Margarete Thiele. Meine Ausgabe erschien im Gebrüder Weiß Verlag, Berlin-Schöneberg, leider ohne Jahresangabe, möglicherweise um 1950 (die Erstausgabe stammt von 1923), mit Illustrationen von Franziska Schenkel und einem Cover von Wilfried Hennig.

Das Buch, in dem ein Okapi vorkommt, wird zwar nicht mit Titel genannt, aber ich weiß, dass es von meiner geschätzten Autorenkollegin Sandra Niermeyer stammt, mit Illustrationen von Caroline Opheys: *9 Tage mit Okapi*, magellan Verlag 2020. Wärmste Empfehlung für alle Menschen ab 8 Jahren!

DANKSAGUNG

Um am Ende anzufangen: Mein herzlicher Dank geht an Alfred Klemm, Hubert Klöpfer und Julia Aparicio Vogl, dass sie sich für dieses Buch entschieden haben. Letzterer danke ich außerdem für ihr genaues, feinfühliges und im besten Sinne kritisches Lektorat. Allen weiteren Beteiligten rund um den Alfred Kröner Verlag und die Edition Klöpfer danke ich für ihren jeweiligen Beitrag auf dem Weg vom Manuskript zum fertigen Buch, Sabine Fecke und Annette Rieger für ihre Hilfe, es in die Welt zu tragen.

Diese Geschichten spielen in unterschiedlichen Lebenswelten, knüpfen – wenn auch erfunden – an unterschiedliche Ausschnitte der Wirklichkeit an. In einigen faktischen Details habe ich mir Freiheiten genommen, ebenso gehen sachliche Fehler oder Ungereimtheiten auf meine Kappe. Für alles Realistische hatte ich vielfältige Unterstützung:

Mein herzlicher Dank für Einblicke in die Intensivpflege geht an Doreen Unger und ganz besonders an Johannes Fiegl, an ihn auch für hilfreiche Text-Rückmeldungen. Fürs »Update« zur heutigen IT-Branche und fürs Gegenlesen danke ich Julia Drangmeister-Gawlas, Clemens Lückemann für die Erfindung einer juristisch plausiblen Insolvenz, für die Wahl der Waffe meinem Bruder Peter Schäfer.

Viele meiner Geschichten entwickeln sich langsam und in mehreren Anläufen. Für wichtiges Feedback zu einzelnen Texten, teils in frühen Fassungen, danke ich Daniela Engist, Theres Essmann, Elisabeth Gabriel, Silke Knäpper, Markus Orths und Ulrike Sosnitza.

Mein besonderer Dank geht an Simone Regina Adams, Sandra Åslund, Erika Igel, Sibylle Schleicher und meinen Mann Martin Heberlein fürs Gegenlesen zahlreicher Texte, für all ihre wertvollen Anmerkungen sowie – immer wieder – für Ermutigung.

ULRIKE SCHÄFER

Nachts, weit von hier · Erzählungen

184 Seiten, Broschur. 978-3-520-77306-7

EVA CHRISTINA ZELLER

Unterm Teppich · Roman in 61 Bildern

2. Auflage mit 61 Schreibimpulsen, 176 Seiten, Broschur

978-3-520-76402-7

EVA CHRISTINA ZELLER · **Muttersuchen** · Roman

160 Seiten, Halbleinen mit Lesebändchen. 978-3-520-776403-4

NINA JÄCKLE · **Verschlungen** · Roman

144 Seiten, Halbleinen mit Lesebändchen. 978-3-520-77101-8

WALLE SAYER · **Das Zusammenfalten der Zeit**

168 Seiten, Broschur. 978-3-520-75504-9

TINA STROHEKER · **Hana oder Das böhmische Geschenk** · Album

160 Seiten, Ganzleinen mit Lesebändchen. 978-3-520-75501-8

JUTTA REICHELT

Mein Leben war nicht, wie es war

Ein biographischer Essay über das Erzählen, Traumata und die Überwindung der Sprachlosigkeit

216 Seiten, mit Umschlag u. Lesebändchen. 978-3-520-91301-2

GLENN BECH · **Ich erkenne eure Autorität nicht länger an** · Manifest

340 Seiten, Klappbroschur. 978-3-520-62701-8